Véronique Bizot

Eine Zukunft

Véronique Bizot

Eine Zukunft

Aus dem Französischen
von Tobias Scheffel und Claudia Steinitz

Steidl/Roman

für Christian

Am Mittwoch schrieb mir unser Bruder, er werde auf unbestimmte Zeit verschwinden, ein kurzer, an einem Bahnhof aufgegebener Brief, den ich am Donnerstag erhielt und den ich sogleich in Kopie den anderen übermittelte, dass sie keine unnötigen Nachforschungen anstellen, und dann legte ich im Schneetreiben, das Hirn durch einen kolossalen Schnupfen vernebelt, die dreihundert Kilometer zurück, die mein Domizil von seinem trennen, um zu überprüfen, wie er mich im Postskriptum bat, dass der Wasserhahn eines Waschbeckens im zweiten Stock, über den er Zweifel hegte, auch wirklich vor seiner Abfahrt von ihm abgelassen worden war. Dort, in dem eiskalten Haus, angekommen, trieb ich die Gewissenhaftigkeit so weit, dass ich die Gesamtheit der Hähne kontrollierte, wonach ich im Kamin der Bibliothek Feuer machte und zwei oder drei Stunden da verbrachte, mit einer Schachtel Kleenex auf dem Sofa, gegenüber dem alten gelben Samtsessel, in dem noch der Körperabdruck unseres Bruders zu sehen war und in dem dieser wahrscheinlich seinen Plan zu verschwinden entworfen hatte, sofern ihn nicht eine plötzliche Eingebung gepackt hatte, wie damals unseren Vater, dessen Anblick im Pyjama in eben diesem

Sessel sitzend wir gewohnt waren, bis man ihn eines Tages dort nicht mehr gesehen hatte, weder dort, noch anderswo, und erst fünf Jahre später eine Todesanzeige einer malaiischen Regierung dafür sorgte, dass wir aufhörten, auf ihn zu warten. Diese Todesanzeige hatte unsere Schwestern damals empört, hatte sie alle drei zum Atlas getrieben, um den genauen und, wie sie argwöhnten, paradiesischen Ort zu lokalisieren, für den unser Vater nicht nur uns alle sechs im Stich gelassen hatte, nachdem er seine Bankkonten geleert hatte, sondern an dem er, wie sie sagten, während ihre Zeigefinger auf die malaiische Halbinsel hämmerten, vermutlich nichts anderes getan hatte, als fünf idyllische und unwürdige Jahre zu verleben, woraufhin sie den Atlas endgültig zuklappten und erklärten, es komme überhaupt nicht in Frage, den Leichnam in die Heimat zu überführen. Und wenn unser Bruder Odd, den ich lange nicht gesehen hatte, in seinem Brief jetzt andeutete, er sei nicht sicher, eines Tages zurückzukehren, schloss ich deshalb doch nicht daraus, er ließe sich dort in Malaysia nieder, auch wenn mich der Gedanke natürlich streifte. Was ich daraus schloss, war, dass es fortan unsere Sache sein würde, für die Unterhaltskosten des Hauses aufzukommen, die aufzubringen in diesem Stadium bereits den Verkauf einer recht großen Anzahl von Möbeln und Gemälden erfordert hatte, wie mir gerade beim Inspizieren der Stockwerke aufgefallen war. Ich saß vor dem Kamin, sah hinter den Fensterscheiben den fallenden Schnee, der meine Rückfahrt gefährdete, und dachte darüber nach, es wäre besser gewesen, das Haus zu verkaufen, anstatt unseren Bruder dort zurückzulassen, der darin ein sicherlich erschreckendes Leben geführt hatte, auch wenn er nach der Eheschließung zweier unserer Schwestern und der Einweisung der dritten der Einzige von uns war, der bekundet hatte, dort leben zu wollen. Dabei wussten wir alle, dass ihm in diesem Stadium seines Lebens keine andere Wahl blieb, als weiter in diesem Haus zu wohnen, das jetzt auf legalem Wege nicht ohne seine Zustimmung verkauft werden konnte, wir hatten es am Hals mit seinen rund zwanzig Räumen und der doppelten Anzahl Fenster, seinen rissigen Mauern, seinem instabilen Dach und seinem Park, der nur noch einem beliebigen, von Brennnesseln umzingelten Weideland ähnelte. Sicherlich konnte unser Bruder zuletzt die Vorstellung eines weiteren Winters an diesem Ort nicht ertragen, auch wenn er damals behauptet hatte, mit dem Haus unzählige Pläne zu verfolgen, alle von den örtlichen Banken unterstützt, wie er uns mit verdächtiger Begeisterung versichert hatte. Einer unserer neuen Schwäger, ein Schweizer, der internationalen Stahlhandel betrieb, hatte sich daraufhin bedächtig erkundigt, welche Art Pläne unser Bruder verfolge, der antwortete, insbesondere eine Art Gästehaus im Sinn zu haben sowie die Zusammenlegung zweier Salons im Erdgeschoss, was einen Raum für Seminare oder Bankette schaffen würde, und wir hatten alle kräftig genickt, mit Ausnahme unseres Schwagers, der nur eines seiner undurchdringlichen Schweizer Lächeln hervorbrachte. Obwohl uns bewusst war, dass derjenige, der dort wohnen bliebe, über kurz oder lang zum Niedergang verurteilt war, gaben wir vor zu glauben, unser Bruder verstünde sich mit diesem Raum für Seminare oder Bankette aus der Affäre zu ziehen, und nachdem wir ihm das Recht gewährt hatten, den Ort zu bewohnen, als handelte es sich um eine Gunst, hatten wir ihn sich selbst überlassen. Und während das Feuer im Kamin ausging und ich, nachdem ich den Strom wieder angestellt hatte, ein paar Lampen einschaltete (und du hast nicht einmal die durchgebrannten Glühbirnen ausgetauscht), begann ich allmählich ins Auge zu fassen, dass er in Wahrheit aufgebrochen war, um sich irgendwo umzubringen. Sodass ich seinen Brief aus meiner Tasche zog und ihn erneut las, plötzlich ohne darin etwas anderes zu sehen als den Hinweis auf seinen unmittelbar bevorstehenden Selbstmord, trotz seines Postskriptums voll angeblicher Sorge um diesen Wasserhahn, für den er mich eine Strecke von dreihundert Kilometern hatte zurücklegen lassen. Als ich den Brief zusammenfaltete, spürte ich auf einmal die Absurdität dieser Reise, während der ich praktisch an nichts anderes als an diesen Wasserhahn im zweiten Stock gedacht hatte, der, sollte es Frost geben und sollte unser Bruder ihn nicht abgelassen haben, jederzeit einen Rohrbruch verursachen konnte, wie er mir geschrieben hatte. Aber ich hatte alles in Ordnung vorgefunden und gelangte jetzt zu der Überzeugung, dass diese Wasserhahngeschichte nur ein Kniff unseres Bruders gewesen war, um mich herzulocken und mir an Ort und Stelle die geistige und physische Niedergeschlagenheit vor Augen zu führen, die ihn in dieser Umgebung überkommen hatte. Wenn er mir und nicht unseren Schwestern oder unserem Bruder Harald geschrieben hatte, so deshalb, weil sich zwei unserer Schwestern jetzt auf ihre Ehen konzentrierten, die dritte fortan nicht mehr zugänglich war und er wusste, dass er von unserem Bruder Harald, dem Wirtschaftsanwalt, nichts zu erwarten hatte, der nie etwas anderes hat erkennen lassen als Gleichgültigkeit vor der Verzweiflung und Verachtung vor dem Scheitern. Deshalb hatte unser Bruder Odd mir geschrieben und nicht, weil ich sein Zwilling bin und folglich sein engster Verwandter, aber weil ich sein Zwilling bin, hatte ich ohne eine Pause und bei grässlichem Wetter diese dreihundert Kilometer zurückgelegt, ganz und gar vertieft in Gedanken an diesen Wasserhahn. Da ich mit der Rückfahrt gezögert hatte, hielt mich jetzt der Schnee in dem eiskalten Haus fest, in das ich seit Jahren nicht mehr gekommen war und wo es, wenn ich den Heizkessel in Gang setzen würde, sofern noch Öl im Tank wäre, nicht weniger als achtundvierzig Stunden dauern würde, um fünfzehn Grad zu erreichen, das absolute Maximum im Winter. In manchen der Zimmer gab es zwar alte Gasöfen, aber die waren so heruntergekommen, dass ich sicherlich nur darauf gewartet hätte, sie explodieren zu sehen. Gleichwohl entschloss ich mich, die Nacht dort, vor dem Kamin in der Bibliothek, zu verbringen, ich legte neue Scheite ins Feuer, ging nach oben in mein ehemaliges Schlafzimmer, wo ich, obwohl mir seit ein paar Tagen der Geruchssinn völlig abhanden gekommen war, den Eindruck hatte, Staub einzuatmen, dann betrat ich das Zimmer unseres Bruders, das einer unbeschreiblichen Rumpelkammer glich, zusammengeknüllte Decken auf dem Bett, keine Laken, aus den Ringen gerissene Vorhänge, auf dem Boden überall Papiere, Kleiderstapel und ein Haufen schlammiger Schuhe in den Ecken. Anscheinend hatte er begonnen, im angrenzenden Raum zu schlafen, einer Art Wäschekammer voll düsterer Schränke, denen ich ein Federbett, ein feuchtes Kopfkissen und die Überreste eines Schlafrocks aus rauer Wolle entnahm, der möglicherweise unserem Vater gehört hatte, und ich brachte alles in die Bibliothek hinunter. Ich streifte den Schlafrock über meinen Mantel, legte die Sofadecke darüber und ging dann die Küche inspizieren, die einwandfrei war und in der es immerhin etwas zum Abendessen gab, vorausgesetzt, man begnügte sich mit Suppe aus einem Tetrapak und Dosenmais – ich zählte etwa dreißig dieser Maisdosen, gelagert in einer Kiste. Es gab auch Zwieback und Pulverkaffee, und ich ging unwillkürlich zur Spüle, aber natürlich kein Wasser, wenn ich Wasser wollte, musste ich zunächst alle Hähne des Hauses zudrehen, einen nach dem anderen. In der Abstellkammer fand ich wenigstens Milch sowie auf einem

Stapel Holzscheite mehrere Flaschen Perrier, mit denen ich meinen Kaffee würde machen müssen, und nachdem ich ein Tütchen Doregrippin geschluckt hatte, behalf ich mir mit all dem, als unsere Schwester Adina mich anrief, und ich zögerte, das Gespräch anzunehmen. Entweder hat sie meinen Brief bekommen und ist folglich über das Verschwinden unseres Bruders informiert, sagte ich mir, während ich meinem Telefon beim Klingeln zusah, oder sie hat ihn noch nicht bekommen, und was will sie dann von mir. In keinem der beiden Fälle verspürte ich das Bedürfnis, Adinas Stimme zu hören, noch weniger jedoch, wenn sie meinen Brief bekommen hatte, und ich steckte das Telefon in meine Tasche zurück, wo es weiter klingelte. Als ich die Küche mit einer zweiten Tasse sprudelnden Kaffees verließ, ging ich an den vier Pferdesätteln vorbei, die an der Wand unter der Treppe in der Halle hingen, den vier Sätteln, die unseren drei Schwestern und unserer Mutter gehört hatten und die alles sind, was von ihren täglichen Ausritten geblieben ist. Jahrelang hatten unsere Mutter und unsere drei Schwestern jeden Nachmittag und bei jedem Wetter ihre Pferde gesattelt, woraufhin man sie alle vier eine hinter der anderen hatte auf dem Reitweg sich entfernen und bis zum Abend verschwinden sehen. Aber nach dem Tod unserer Mutter waren unsere Schwestern nie wieder geritten und hatten von da an nichts mehr von Pferden hören wollen, dennoch hatte jemand, ich weiß nicht wer, die Sättel unter der Treppe in der Halle aufgehängt wie vier düstere, ovale Porträts, denen jeder Ausdruck fehlte. Wir Jungens waren nie geritten, ich weiß nicht warum, aber es ist eine Tatsache, unsere Mutter hatte nur ihren Töchtern das Reiten beigebracht, einen Sport, mit dem sie seit ihrer Jugend in Norwegen nicht aufgehört und in dem sie bis zum Unfall geglänzt hatte. Der Unfall hatte sich eines Winters in dem kleinen Gebirge hinter dem Haus ereignet, im dichten Nebel und auf einem schmalen, steinigen Weg, an der schmalsten Stelle war unsere Mutter in die Tiefe geschleudert worden, vielleicht, nachdem ihr Pferd ausgerutscht war, unsere Schwestern konnten lediglich sagen, dass sie plötzlich nur noch das reglose Pferd im Nebel ausgemacht hatten. Damals war eine Art Haushälterin bei uns angestellt, eine bayerische Bäuerin, die hinterher in ihrer durchtriebenen und selbstsicheren Art einer Bäuerin, die angeblich Bescheid weiß, angedeutet hatte, unsere Mutter sei schwanger gewesen und hätte sicherlich kein siebtes Kind gewollt. Dann ging ich an dem Spiegel in der Halle vorbei, in dem ich mich erblickte, unförmig in dem alten wollenen Schlafrock, unter dem mein Mantel hervorschaute, mit einer Hand die Sofadecke über den Schultern festhaltend, mit der anderen meine Kaffeetasse, und meinen Kopf, der aus dem Ganzen auftauchte, meine geschwollene Nase, die sich unter meinen Augen bewegenden Schatten, all das erstarrt im trostlosen Licht des Lüsters. Wie ich mich so in diesem Spiegel sah, wirkte ich auf mich wie der verblödete und schlecht genährte Greis, zu dem ich durchaus werden könnte, wenn ich dort die nächsten dreißig Jahre verbringen müsste, was unser Bruder Odd für sich selbst vor Augen gehabt haben musste. Von einem Winter zum nächsten würde ich dann diesen Schlafrock nicht mehr ablegen, zu dem sich schaffellgefütterte Pantoffeln gesellen würden, in denen ich täglich ein paar schlafwandlerische Schritte auf der Außentreppe machen würde, ohne mich weiter vorzuwagen, ohne auch nur die Stufen hinabzusteigen, genauso wenig wie ich die zu den oberen Stockwerken hinaufsteigen würde, warum hoch- und runterlaufen, wenn man über dieses ganze Erdgeschoss verfügt, Bibliothek und Salon, Billardzimmer, Musikzimmer, Esszimmer und Anrichte, Küche, Abstellkammer, Waschküche, da oben mochte es durchs Dach regnen und die Vögel mochten alle Betten verdrecken, ich würde nichts davon erfahren, in den ersten Jahren würde ich dann die Bücher der Bibliothek lesen und ein wenig Radio und Musik hören, würde Holz sägen und lagern und ein bisschen Gemüse anbauen und mir dabei vorstellen, das sei doch ein gutes Leben, einfach und beschaulich, wie es angemessen ist, die einzige Lebensform, die etwas taugt, alles Unglück der Menschen kommt davon her, dass usw. usw., und mangels anderer Gespräche als der immer unbedeutenderen mit mir selbst würde ich nach und nach unfähig werden zu lesen oder was auch immer zu hören, unfähig, das geringste Geräusch zu ertragen, und wäre es ein musikalisches, und zunehmend unfähig, einen zusammenhängenden Satz hervorzubringen, wenn jemand an die Tür käme, nichts als Beschimpfungen, zahnlose Grimassen, wütende Spucktiraden, weshalb irgendein örtlicher Sozialdienst seine Hartnäckigkeit beweisen würde, also wirklich, Monsieur Kassel, einmal die Woche würde man mir Konservendosen, Milchprodukte, ein Quantum Proteine und Holz zum Heizen auf die Außentreppe legen, im Dezember etwas Weihnachtsgebäck, man würde kommen, um mir zur Grippeschutzimpfung zu raten, zu einem Hausnotrufsystem, zum Heim, man würde bei mir einbrechen und mich am Ende mit zersplittertem Uhrglas ausgestreckt auf den Steinplatten der Halle finden und in der Bibliothek alle Bücher auf dem Boden, die herausgerissenen Seiten seit Langem in Rauch aufgegangen. Genau so läuft es auf dem Land, wo alle Bedingungen zusammenkommen, um einen halb verrückt zu machen. Sodass sich die Menschen auf dem Land, wie alle Statistiken bestätigen, und ganz besonders die Landwirte, einer nach dem anderen umbringen, überproportional oft, ein erschreckendes Phänomen, das sich nur immer mehr häuft. Einmal habe ich übrigens selbst die Dummheit begangen, ein Haus auf dem Land zu mieten, ein möbliertes Haus, das ich von einem Landwirt gemietet habe, in einer riesigen Landwirtschaftsregion, wo die Landwirtschaft das große Geschäft ist, als einzige Nachbarn ein Zahnarztehepaar, ehemalige Städter, die dieselbe Dummheit begangen hatten. Dieses Paar und ich (aber das ist eine kurze Episode meines Lebens) riefen über unsere Trennmauer, über die allein unsere Köpfe ragten, wie die Köpfe von Pferden im Stall, über diese Mauer tauschten wir Heckenscheren, Spritzgeräte und Rasenmäherkeilriemen aus, denn wo wir schon einen Garten hatten, gärtnerten wir auch, sie schenkten mir, was an aufgequollenen, weichen und vernarbten Tomaten übrig war, die sie vom Boden aufgelesen und die sich von ihrem Sturz nicht erholt hatten, und er, der Zahnarzt, setzte mir eine ganze Reihe von Zahnkronen ein, im Austausch gegen meine Fachkenntnisse, die er mir, dem Ingenieur, unterstellte, hinsichtlich der Möglichkeiten, ihr Haus zu vergrößern. Ich mochte ihnen noch so oft sagen, dass ich nie etwas anderes geplant hatte als bescheidene technische Bauwerke, fast ausschließlich Staudämme, und immer an brachliegenden oder verwüsteten Orten, beschädigt durch Kriege, Katastrophen, Korruption, Diktaturen, Überbevölkerung, unmögliches Klima, menschliches Chaos, er und seine Frau hörten nicht auf, mich wegen dieser Vergrößerung ihres Hauses um Unterstützung anzugehen. Tatsächlich hatten sie sich um den Preis all ihrer Ersparnisse in den Kopf gesetzt, dessen Wohnfläche zu verdoppeln – ein völlig unlogisches Vorhaben insofern, als niemand sie je besuchen kam, nicht einmal ihre beiden Kinder, auf deren Besuch, deren Aufenthalt sie unerschütterlich und hartnäckig warteten, mit ihren vier oder fünf Mansardenzimmern, ihrer ökologischen Heizungsanlage und ihrer hähnchengefüllten Gefriertruhe.

Sie hatten sich mit Leib und Seele dem Leben auf dem Lande verschrieben, wie man sagt, auch wenn sie da genauso wenig zu suchen hatten wie ich, was ihnen bestimmt sehr schnell klar geworden war, obwohl sie, wiehernd die Köpfe über unsere Trennmauer gereckt, behaupteten, endlich den Rhythmus der Jahreszeiten würdigen und sich für die Natur begeistern zu können, dabei verfielen sie tatsächlich, wie ich sehr gut sah, in Panik darüber, wohin ihre abwegigen Überzeugungen sie geführt hatten und wie sehr sie sich in endlosen, schlammigen Wintern verirrt hatten, dem reglosen Horizont ausgeliefert. Gleichwohl klammerte ich mich an diese Leute, ich meine, ich war froh, sie dort zu wissen, auf der anderen Seite der Mauer, auch wenn ich sicherlich besser als sie für diese Art Leben gewappnet war und frei, es jederzeit zu ändern. Damals erholte ich mich langsam von einem ziemlich ernsten Herzproblem, das übrigens jederzeit wieder auftreten kann, ich verbrachte die Tage damit, nicht viel zu tun, meistens am Schreibtisch, mit Blick auf die Felder, und wenn die Stille maßlos wurde, ging ich bisweilen auf ein Glas in ihre Veranda, eine klägliche moderne, kleine Veranda, das Ergebnis ihrer Obsession, zusätzliche Quadratmeter zu gewinnen, um auf ihnen noch nicht geborene Enkelkinder spielen zu sehen, eine Veranda, in der ein plattes, blendendes Licht einen dazu zwang, die Augen zusammenzukneifen. Seit einiger Zeit hatte ich bemerkt, dass sie, die Zahnärztin, fast gar nicht mehr sprach und nur noch im Trainingsanzug herumlief, bis zu dem Tag, an dem ich sie, als ich an ihrem Gartentor vorbeikam, zusammengekrümmt neben ihrem Feigenbaum liegen sah. Von Weitem hätte man sie für einen Sack Bauschutt halten können, wäre da nicht der Korb an ihrem Arm gewesen, an den sie sich klammerte, als ich mich daranmachte, ihr aufzuhelfen. Kaum stand sie wieder, musterte sie mich mit kalter Wut und begann, mit mechanischen Bewegungen die Feigen aufzulesen, ohne sich weiter um mich zu kümmern. Ich war daraufhin zu mir nach Hause zurückgekehrt, hatte mich an meinen Schreibtisch gesetzt und im Luftzug, der unter den Türen herein- und eisig um meine Knöchel zog, ins Leere gestarrt, aber ich hatte keinen weiteren Winter abgewartet, in den folgenden Tagen hatte ich das Haus zurückgegeben, das Gepäck im Kofferraum meines Wagens gestapelt und war weggefahren.

Ich schaltete das Licht in der Halle aus und ging zurück in die Bibliothek, wo erneut mein Telefon klingelte, aber es war nicht Adina, es war Albert Freber, ein Savoyarde aus meinem Bekanntenkreis, kurz vor der Rente, der ein Transportunternehmen besaß – Les Transports Albert Freber – und am Genfer See bei Evian in einem komfortablen Hotel lebte, das, glaubte ich, sein Hauptwohnsitz war. Auf jeden Fall hatte er dort sein Zimmer für das ganze Jahr und sein Gedeck im Speisesaal, in den er mich einmal zum Mittagessen eingeladen hatte, als ich wegen eines Planungsauftrags einige Zeit in der Gegend verbracht und mich an der Bar des Hotels niedergelassen hatte. Albert nahm in diesem Speisesaal gigantische Mahlzeiten zu sich, während seine Lastwagen über die Straßen rollten – jeder achtzehnte war ein Albert-Freber-Lastwagen –, und er müsse sie einfach nur rollen lassen, sagte er, während er seine Serviette auseinanderfaltete. In der Folge kam es vor, dass ich ihn auf den Golfplatz begleitete, das heißt, ich zog seinen Trolley, reichte ihm seine Schläger und suchte die Bälle, die er in praktisch jedes Gestrüpp schlug, denn er war ein schlechter Golfspieler, von hinderlicher Korpulenz, lächerlich verbissen in sein katastrophales Golfspiel. Seit vielleicht einem Jahr hatte ich nichts mehr von ihm gehört, also nahm ich ab, aber ich hörte eine dumpfe und gereizte Stimme, die ich nur mit Mühe als die Stimme von Albert identifizierte. Sind Sie in Evian, fragte ich, aber es zeigte sich, dass er das nicht war, Albert hatte den See gewechselt, es sei nicht mehr der Genfer, er sei jetzt in Annecy, ließ er mich wissen, Gast in einer vorgeblichen Spezialeinrichtung, in der man ihn nach seinem Infarkt untergebracht habe, und er lebe nun, wie er verkündete, inmitten von Impotenten, Bettlägerigen und Siechen. Hier endet alles für uns, sagte er mir, in einem dieser grauen Häuser mit Freitreppe, die sich an den Ufern aneinanderreihen, mit ihren runden Rasenflächen, flankiert von einer skelettartigen Tanne und einem halben Dutzend skelettartiger Rosenstöcke, wo ich, sagte er noch, nur durchhalte. Es sei natürlich keine Rede mehr von Golf oder irgendetwas dieser Art, und trotz des Lobes, mit dem ihn die Ärzteschaft überschütte, nur weil er noch den linken Arm bewege, rechne er damit, von einem Moment auf den anderen zu sterben, ohne größere Komplikationen und wahrscheinlich in den Armen einer Schwesternschülerin. Als ich ihm vorschlug, ihn zu besuchen, lehnte er kategorisch ab, er habe sich einfach nur in den Kopf gesetzt, alle anzurufen, die in seinem Telefon gespeichert seien, er sei beim Buchstaben K, ich sei übrigens der Einzige unter diesem Buchstaben, danach werde er sich dieses Telefons entledigen, ich hätte, sagte er, schöne Jahre vor mir, in denen ich auf den Straßen weiter Albert-Freber-Lastern begegnen würde, dann sollte ich an ihn denken, und er legte auf. Ich hatte mich während des Gesprächs gesetzt und blieb noch eine ganze Weile auf dem Sofa sitzen und starrte ins Feuer, danach ging ich die Vorhänge zuziehen und zog aufs Geratewohl ein Buch über Kurdistan aus einem Regal, in dem ich nur nervös blätterte, während ich auf die Geräusche lauschte, die aus der Umgebung zu mir drangen, gewöhnliche, belanglose Geräusche, die jedoch zu mir drangen wie aus der Vergangenheit ausgestoßen oder als Echo, voll mit dem, was früher, weit entfernt, ein Wort, ein Klang, eine Bewegung gewesen war, sodass ich diesen Geräuschen eine übertriebene Aufmerksamkeit schenkte. Ich konnte nicht aufhören, an unseren Bruder Odd zu denken, den ich Tag für Tag und Abend für Abend in dem alten gelben Samtsessel sitzen sah wie vor ihm unser Vater. Dieser Sessel, rechts vom Kamin, war tatsächlich ein Sessel, in den man sich sofort *fallen lassen* möchte, deshalb habe ich diesen

Sessel immer gemieden, kein einziges Mal habe ich mich hineingesetzt. Mich nicht in den alten gelben Samtsessel setzen, nur das habe ich im Kopf, wann immer ich die Bibliothek betrete, denn meine Schritte führen mich automatisch zu diesem Sessel. Ein Sessel, der einem die Arme entgegenstreckt und einen dann nicht mehr aufstehen lässt, ideal platziert neben dem Kamin und den Fenstern gegenüber mit Blick auf den Park, oder auf das, was früher mal ein Park gewesen war, vor nunmehr zweihundert Jahren von den besten Landschaftsgärtnern entworfen für eine unserer Vorfahren, die das Haus hat bauen lassen und es mit Empire-Möbeln der besten Kunsthandwerker gefüllt hat, um, wie Briefe von ihr bezeugen, schließlich nur zwei oder drei Stunden darin zu verbringen, weil sie plötzlich dieses Haus und diesen Park nicht mehr gewollt und beide in ihren Briefen als grauenhaft bezeichnet hat. Aber unser Bruder Odd hatte sich dieses Sessels bemächtigt, in dem er eine lange Folge von Abenden wie diesem verbracht haben musste, vollkommen einsam, die Füße, wie meine jetzt, auf der Kaminbank aus Rohrgeflecht. Früher hatte ein besticktes Kissen auf dieser Bank gelegen, und während ich mich fragte, wo dieses Kissen hingeraten sein mochte, sah ich unsere beiden angehenden Schwäger vor mir, an den beiden Enden dieser Bank sitzend mit dem Rücken zum Feuer wie ein Paar nicht zusammenpassender Kaminböcke, an dem Tag, an dem unsere Schwestern Adina und Dorthéa sie uns vorgestellt hatten. Alles hat sich von dem Tag an geändert, an dem unsere beiden zukünftigen Schwäger das Haus betraten und sich auf die Bank setzten, uns allen sechsen gegenüber. Links saß Adinas zukünftiger Schweizer Ehemann, der Stahl kauft und verkauft, rechts Dorthéas zukünftiger Lothringer Ehemann, der, ich erinnere mich noch, kaum hatte er sein Aperitif-Glas in der Hand, eine Anekdote zu erzählen begann über das Kunstmuseum von Nancy, dessen Hauptwärter er gewesen war. Wir stellten sehr schnell fest, dass Dorthéas zukünftiger Ehemann ein unermüdlicher Anekdotenerzähler war, der überdies selbst malte, wie er uns wissen ließ, ohne dass die tägliche Begegnung mit den Gemälden, Zeichnungen und Graphiken weltweit bekannter Künstler, die er im Kunstmuseum von Nancy gehütet hatte, ihn auch nur im Geringsten einschüchterte, im Gegenteil. Namentlich die im Zwischengeschoss ausgestellten Manieristen hatten ihn nachhaltig inspiriert, obwohl er, legte er dar, radikal andere Dinge malte, fast ausschließlich Tiere. Und als wir ihm höflich gratulierten, erklärte er, unter den Museumswärtern, von denen man sich oft und zu Unrecht vorstellte, sie vergingen auf ihren Stühlen vor Langeweile, auch wenn es, wie er einräumte, einige gebe, die tatsächlich vor Langeweile verrückt würden und plötzlich anfingen, mit ihrem Schlüsselbund ein Gemälde zu zerfetzen, seien in der Tat viele, die sich heimlich der Malerei zuwendeten. Die Besucher, erzählte er, sprächen die Museumswärter nur an, um nach den Toiletten oder dem Ausgang zu fragen, ohne zu ahnen, dass sie sich an Personen wenden, die trotz Wärteruniform oft ebenso viel wissen wie die Konservatoren und gewiss mehr als die Museumsführer und in Wirklichkeit nur auf die Schließung des Museums warten, um an ihre Staffelei zu stürzen. Unsere Schwester Dorthéa lief mit Käsegebäck im Zimmer herum, unser Bruder Harald ließ, was eine Manie von ihm ist, mit dem Finger die Zähne seines Kamms in seiner Hosentasche knirschen, und ehe wir zu Tisch gingen, erzählte uns der Lothringer noch, dass er, obschon in Nancy geboren, in Nizza aufgewachsen war, wo sein Vater ein Lebensmittelgeschäft führte und wo er als Junge mit dem Fahrrad Waren auslieferte, namentlich an den Maler Matisse, über den er damals nicht das Geringste wusste und der jedes Mal, um ihm zu danken, aus seinen Mappen eine Zeichnung oder einen kleinen Gouacheschnitt hervorkramte und ihm schenkte. Kaum hatte der Lothringer das Haus von Matisse verlassen, hatte er diese Zeichnung oder diesen Gouacheschnitt in die erstbeste Mülltonne geworfen und sich auf sein Fahrrad geschwungen, es waren Dutzende und Aberdutzende Zeichnungen und Gouacheschnitte von Matisse, die er so in die Mülltonne geworfen hatte, ohne auch nur einen Blick darauf zu werfen, bis er einige Jahre später in Nizza eine Anstellung als Museumswärter fand, seine erste Anstellung, und zwar in einem Museum, hatte er lächelnd geendet, das nichts anderes war als das Matissemuseum. Da musterten wir alle den Lothringer, in dem wir plötzlich den reichen Mann sahen, der er hätte sein können. Gleich darauf gaben uns unsere beiden Schwestern offiziell ihre bevorstehende Hochzeit bekannt, die eine mit dem Schweizer, die andere mit dem Lothringer, und wir erhoben unsere Gläser auf sie und erwogen in Gedanken die Chancen ihres jeweiligen Eheglücks. Alles, was wir in diesem Stadium denken konnten, war, dass Adina das Geld des Schweizers und Dorthéa die Anekdoten des Lothringers haben würde, Adina würde vom Stahlhandel profitieren, Dorthéa von den manieristischen Malern und den Tiergemälden ihres Gatten, was auch immer deren künstlerischer Wert sein mochte. Wir wussten, dass der Schweizer wegen seiner Geschäfte Reisen unternahm, vor allem nach Afrika, wo er seinen Stahl verkaufte, und dass der Lothringer, jetzt, da er in Rente war, bei sich zu Hause in Nancy malte. Adina hätte also eine gewisse Freiheit und könnte jederzeit Bekanntschaft mit Afrika machen, Dorthéa hätte ihren Gatten zu Hause und die Straßen von Nancy zu ihrer Verfügung. In beiden Fällen würde es ein radikal anderes Leben als das armselige Leben außerhalb der Zeit, das sie bisher im Haus mit unserem Bruder Odd und unserer jüngsten Schwester Margrete geführt hatten – unser Bruder Harald und ich lebten damals bereits nicht mehr dort, Harald war als Anwalt in Paris und ich da, wo man einen auf Staudämme spezialisierten Ingenieur brauchte. Wie unsere beiden Schwestern diese beiden Ehemänner aufgetrieben hatten, wussten wir nicht, wir stellten die Frage nicht und wagten nicht, sie direkt als zwei unverhoffte Glückstreffer anzusehen, denn nach ihrer Abreise würden Odd und Margrete allein bleiben, ohne Adina, die alle bevormundete, und es kam natürlich nicht in Frage, Odd und Margrete sich selbst zu überlassen. Eine Situation, auf die wir nicht gefasst waren, ehrlich gesagt hätte keiner von uns auf die Hochzeit von Adina und Dorthéa gesetzt, die, ebenfalls Zwillinge, das Alter einer ersten Ehe weit hinter sich gelassen und nichts von der norwegischen Helligkeit unserer Mutter geerbt hatten, sie sind zwei Frauen von eher strengem Äußeren, und Adina hat obendrein diese Narbe quer über der Wange. Dorthéa sieht immer irgendwie schmuddelig aus, aber sie kann gelegentlich heiter wirken, obwohl ich sie die meiste Zeit einfach nur überdreht finde. Unser Bruder Odd im gelben Samtsessel bekam die Zähne nicht auseinander, und mir scheint, als habe unsere jüngste Schwester Margrete wie gewöhnlich am Tisch hinter dem Sofa gesessen, wie gewöhnlich mit Schreiben beschäftigt, das heißt damit, ihre karierten Hefte zu füllen, von denen wir nie wussten, welche Geschichten, welche Erfindungen, welche Geständnisse sie enthalten mochten. Unsere Schwester Margrete hat immer behauptet, in diesen Heften stehe nichts Interessantes, sie hat immer erklärt, diese Hefte zu hassen, es zu hassen, sie aufzuschlagen und mit ihrer Schrift zu füllen, alles zu hassen, was sie enthielten, und das, sagte sie, fließt direkt aus meinem Kopf auf das karierte Papier, und doch machte sie sich seit Jahren jeden Morgen daran, Tag für Tag, wenn ich nicht in diese Hefte schreibe, sagte sie, wird alles, was in meinem Kopf ist, darin bleiben und mich überschwemmen, uns alle überschwemmen, behauptete sie. Sodass unsere Schwester Adina sie gewähren ließ, sich nur damit begnügte, sie etwas aus dem oberen Stockwerk, der Küche oder dem Garten holen zu lassen, nichts Wichtiges, sie hätte sie zum Beispiel nie gebeten, die Wäsche aus der Maschine zu holen und draußen auf die Leine zu hängen, oder etwas zu kochen, überhaupt hätte keiner von uns unsere Schwester Margrete gern mit einem Messer in der Hand gesehen.

Es war Mitternacht, und ich war zu erschöpft, um zu schlafen, ich war unschlüssig, ob ich im Nebenzimmer eine Partie Billard spielen sollte, ich fummelte an meinem Telefon herum, unschlüssig, ob ich Adina zurückrufen sollte, ich war auch unschlüssig, ob ich in der Dunkelheit wieder aufbrechen sollte, ich hatte den Fernseher eingeschaltet, ohne dass es mir gelungen wäre, auch Ton zu empfangen, und sah einen Wagen, eine schwarze DS, die langsam durch einen nebligen Wald fuhr und an die DS von General de Gaulle erinnerte, und es war auch seine DS, man sah das Profil von de Gaulle, der im Fond saß, abgelöst durch eine Einstellung, die einen Mann im Sporthemd mit Hummermotiv zeigte, der auf einem Balkon in Nizza gefilmt wurde und die Visage eines pensionierten Leibwächters hatte, dann von Neuem de Gaulle, wie er sich über Jackie Kennedy beugte und ihr zulächelte – wie war das eigentlich mit de Gaulle und den Frauen? –, ich lag auf dem Sofa, den Hals Richtung Fernseher verdreht, und dachte Wenn ich es bis zur Autobahn schaffe, kann ich durch die Nacht bis zu meiner Wohnung fahren, vielleicht haben sie auf der Autobahn gestreut, ich betastete meine eisige Nase, schnäuzte mich, zog die Sofadecke hoch, vergrub meine Füße unter einem Kissen und wartete mit geschlossenen Augen und den Kopf schwer auf der Armlehne, dass die Kälte sich einschlich, mit dem noch gesunden Arm steckte Albert sein Telefon der Krankenschwester, die ihre erste Nachtwache absolvierte, in den Kittel und schloss die Augen unter der Neonröhre, ich dachte Am Vorabend ihrer Hochzeit hat Dorthéa sich das Haar platinblond bleichen lassen, ist das besser als vorher, schwer zu sagen, ihr Haar ist jetzt so starr wie unechtes, im neuen Schmuckgeschäft der beiden in Monaco musterte Adina mit der Lupe einen Smaragd, Dorthéa ordnete Steine in Samt, ich dachte Die monegassische Maisonettewohnung, die der Schweizer nach den Hochzeiten unserer Schwestern gekauft hatte, drei Stockwerke mit Atelier unter Veluxfenstern für den Lothringer, das monegassische Schmuckgeschäft für Adina und Dorthéa, Wie geht's den Gattinnen?, fragte unser Bruder Odd sarkastisch, sein abscheuliches Unglück, Wie, verschwunden?, rief Adina und zerknüllte meinen Brief, ich dachte, Adina ist schließlich praktisch Schmuckspezialistin, ein Jahr vor ihrem Diplom leert unser Vater im Pyjama seine Bankkonten bis zum letzten Cent, nein, er hat sich für die Bank angezogen, Familienruin, Harald verkauft die Pariser Wohnung in der Avenue Carnot, wir schließen Margrete für ein paar Tage auf der anderen Seite der Avenue in einem Zimmer im Hotel Regency ein, dann bringen wir sie gemeinsam hierher zurück, Harald hat es eilig, wieder aufzubrechen, ich dachte Ich krank in Mali, die ruhigen gelben Augen des malischen Chirurgen, der mich am Herzen operieren wird, die Besucher, die sich auf Matten in den Fluren des Krankenhauses von Bamako stapeln, Adina zählt das Geld aus dem Verkauf der Carnot-Wohnung, führt das Haus und altert, Dorthéa in ihren Fußstapfen, die alten Röcke der beiden, Dorthéas Holzpantinen in der Erde des Gemüsegartens, die Schals, die sie unaufhörlich strickt und kilometerlang hinter sich herschleppt, die Laken, die sie beide mit ihrem Bügeleisen jede an einem Ende des Tisches in der Wäschekammer bügeln, fünfzehn Jahre später ziehen sie ihre Bügeleisen aus der Steckdose, schütteln ihre Röcke, heiraten und verdrücken sich zunächst beide in jenes Anwesen, das der Schweizer im Kanton Waadt neben dem des Filmemachers Jean-Luc Godard besitzt, aber der Filmemacher Jean-Luc Godard hat mit den Gattinnen nichts zu schaffen, die sich in der Schweiz bereits langweilen und ihre Pläne hinsichtlich der monegassischen Maisonettewohnung und des monegassischen Schmuckgeschäfts schmieden, ich dachte Ich breche am Staudamm von Sélingué zusammen, und jetzt liege ich im kalten OP unter den ruhigen gelben Augen von Issa Touaré, dem malischen Chirurgen, ich dachte Am Donnerstag kommt der Brief von Odd und ich treffe Hélène in meiner neuen Pariser Wohnung, am Freitag fahre ich dreihundert Kilometer durch den Schnee, um mich wie ein Hund in diese Bibliothek zu legen, der Kamin heizt überhaupt nicht, ich dachte Die übereinandergeschlagenen Beine des Schweizers auf der Kaminbank und die beiden Kreppsohlen des Lothringers schön ordentlich flach auf dem Parkett, wie haben sie die beiden nur aufgegabelt (Harald), war Haralds Frau am Tag der Verlobung unserer Schwestern eigentlich dabei? Ach, so ein Pech, ein bisschen zu weit rechts, könnte man meinen, sagt Albert und sieht zu, wie sich sein Ball im Gestrüpp verirrt, Die junge Krankenschwester lächelt, schlafen Sie jetzt, Monsieur Freber, ich sehe nachher noch mal nach Ihnen, Der Schweizer wechselt von seiner Bank auf einen bequemeren Sessel, schlägt erneut die Beine übereinander und hält stumm Zwiesprache mit seinem Slipper, In der Ortschaft Rolle, im Kanton Waadt, steht Godard im Schnee und betrachtet reglos Adina und Dorthéa, die auf ihn zukommen und ihn grüßen wie zwei alte Backfische, bevor er sie im Rauch seiner Zigarre auflöst, sie werden den Klang seiner Stimme nicht hören, Und wie geht's den monegassischen Gattinnen, fragt Odd sarkastisch und schlampig, sein unerträgliches Gefallen am Unglück, wie lange habe ich Odd nicht gesehen, wie viel hat er beim Verkauf der Möbel, der Gemälde und wahrscheinlich auch des Silbers herausgeschlagen? Ich bin deine Enttäuschung, habe ich Hélène am Donnerstag gesagt, als ich ihr zusah, wie sie ihre Kleider in ihrem Koffer stapelte, ich schleppte den Koffer in den Flur meiner Wohnung, dann in die Eingangshalle des Hauses bis zu ihrem Auto, ich hievte ihn in den Kofferraum, während Hélène bereits am Steuer saß, Wir können Margrete nicht länger hier behalten (Adina), es wird zu gefährlich, wir können sie nicht mit Odd allein lassen, ich dachte Familienruin, unsere klägliche Geschwisterschar, ich dachte Ich habe nicht genug Phantasie, um Hélène zu lieben, sie weiterhin Morgen für Morgen zu lieben, ich dachte Die Frau von Harald in der Brasserie von Montparnasse, immer so gut frisiert, ihr Blick, der über Wände schweift, ich dachte Aufstehen, drei Scheite in den Kamin nachlegen und einschlafen, aber ich stehe nicht auf, ich schlafe nicht ein.

Unter dem Schnee machte der Kies ein gedämpftes Geräusch wie zertretene Watte. Mein Auto vor der Außentreppe war nur noch eine undeutliche Autosilhouette, als ich die Wagentür öffnete, rutschte der Schnee von der Scheibe in einem Stück auf mein Handgelenk und lief von dort als Eiswasser in meinen Ärmel, auf der Fußmatte bildete er unter meinen Sohlen eine Pfütze, als ich mich im fahlen Licht der Innenlampe hinter das Lenkrad setzte. Ich griff mit den Fingerspitzen nach den zusammengeknüllten Kleenex vom Vortag auf dem Beifahrersitz und stopfte sie in eine Plastiktüte, das Auto sprang an, bewegte sich jedoch keinen Zentimeter, schwimmendes Lenkrad, von allem abgeschnitten, ich stieg aus und sah in der Ferne den in der Verlängerung des Feldes erstarrt liegenden Weiher, die niedergedrückten Zweige, die gelblichen Spuren meiner Schuhe bis zur Außentreppe, den kalten Glanz der Fenster des Hauses, denen ich den Rücken zuwandte, um bis zum Tor zu gehen. Ich wartete auf der Landstraße vor dem Wäldchen, wo nichts zu erwarten war, kilometerweit kein zivilisiertes Geräusch, nichts als das Rieseln des Pulverschnees zwischen den Bäumen, ich machte auf dem Glatteis der Straße ein paar unbeholfene Schlittschuhschritte und ging zurück zum Haus. Etwas später am Vormittag fing es wieder an zu schneien, mit einem Glas Doregrippin stand ich am Fenster und beobachtete die ziellosen Flugbahnen der Flocken, Odd ist im rechten Moment weggegangen, sagte ich mir und hatte uns wieder vor Augen, dreißig Jahre zuvor in diesem verschneiten Bergdorf, in das man uns in einem Winter nach dem Tod unserer Mutter geschickt hatte in der Hoffnung, unsere Nerven zu beruhigen. Noch dreißig Jahre später war dieser Aufenthalt untrennbar mit Walter Dunn verbunden, dem im Dorf lebenden Schotten, und mit der Einweihung der Seilbahn, die dieser hatte bauen lassen und in die einzusteigen uns der alte Pfarrer, bei dem Odd und ich damals wohnten, am Einweihungstag im letzten Moment untersagt hatte. Ich sah den alten Pfarrer vor mir, der vielleicht das fünfzigste Kreuz schlug, während man die auf den Felsen verstreuten Körper einsammelte, gar nicht so sehr verstreut, um ehrlich zu sein, die Menschen waren en bloc mit der Kabine herabgestürzt, und wenn es manche auch herausgeschleudert hatte, wie den Schotten, der mit ausgebreiteten Armen im Schnee liegend zu schlafen schien, so waren doch einige noch im Innern, ihre Glieder ragten aus der Gondel, und auch der Kopf des Unterpräfekten der Region ragte aus der Gondel, was uns, Odd und mir, den Eindruck vermittelte, die Seilbahn würde sich jeden Moment wieder auf eigene Füße stellen, um die Felsen zu erklimmen, ausgestattet wie sie war mit Armen, Beinen und dem Kopf des Unterpräfekten, der noch im Tod lächelte, das gleiche zufriedene Lächeln, mit dem er seine Einweihungsrede gehalten hatte, als hätte der Absturz der Seilbahn seinem Glauben an die Technik nicht den geringsten Abbruch getan. Das nagelneue Gerät hatte kaum dreißig Meter an seinem Kabel zurückgelegt, ehe es sich mit einem Schlag davon löste, das heißt, da es mit einer Geschwindigkeit von drei Metern pro Sekunde gelaufen war, wie der Unterpräfekt uns in seiner Einweihungsrede stolz erklärt hatte, dass es letztlich nur neuneinhalb Sekunden funktionierte, ehe es abgestürzt war. Neuneinhalb Sekunden war die Seilbahn in der Luft gewesen, und in der zehnten Sekunde war sie es nicht mehr, auf so unerwartete Weise, dass ich die Sturzbahn gar nicht wirklich verfolgt hatte, oder dass, wenn ich die Sturzbahn fast mechanisch verfolgt hatte, mein jugendliches Bewusstsein die Information erst mit einer Verzögerung von einigen Sekunden registrierte, während derer ich weiter auf das Kabel starrte, als hinge die Seilbahn noch daran, überzeugt, dass sie es noch tat, weil ich in meinem Anorak und neben mir mein Bruder Odd noch am Leben waren, mit unseren Mützen auf dem Kopf und unseren Kaugummis in den Taschen. Die Seilbahn hatte keine Kapriolen geschlagen, sie war ganz einfach mit einem metallischen Geräusch, das uns an dem Ort, wo wir, der Pfarrer, Odd und ich, standen, nur gedämpft erreichte, geradewegs zwischen zwei Felsen zerschellt und dort geblieben, nicht einmal schwankend, roter Block vor grauem Granit, den zu betrachten wir in den folgenden Tagen immer wieder zurückkehrten, lange nachdem man die Körper weggetragen und die Maschine ausführlich fotografiert hatte. Vom nächsten Tag an hatten die Leute von unten, um die von oben zu erreichen, wieder die unpraktische kleine, im Winter unpassierbare Serpentinenstraße genommen, von der die Seilbahn sie hatte befreien sollen. Das Dorf war tatsächlich so angelegt, dass eine schroffe Felswand es zweiteilte, den Pfarrer von seiner Kapelle trennte, den Tierarzt von den Almen, die Lebensmittelhändlerin vom Reblochon usw. Diese Straße über dem Abgrund machte insgesamt etwa dreißig enge Kurven, von denen jede nur um den Preis aufwändiger Manöver genommen wurde, sodass man eine gute halbe Stunde Fahrzeit zwischen den beiden Teilen des Dorfes rechnen musste und zu Fuß ebenso schnell war. Vom Pfarrhaus, in dem wir, Odd und ich, wohnten, zumindest von dem, was man das Pfarrhaus nannte, eben weil der Pfarrer darin lebte, das aber nur ein Haus wie die anderen war, graue Steinfassade, Holzbalkon, Schieferdach, konnten wir den zerklüfteten Felsen sehen und auf halber Höhe die sehr deutliche Demarkationslinie zwischen Schatten und Licht, unter dieser Linie das Schwarz des Gesteins, darüber das blassere Grau, dann der leuchtende Streifen der beginnenden Almwiesen. Wir erkannten auch Abschnitte der Straße und zwei Mal in der Woche den orangeroten Lieferwagen, der Lebensmittel, Medikamente, Tabak und andere unentbehrliche Güter hinaufschleppte. Nur dem Pfarrer, dem Tierarzt oder dem Bürgermeister war es gestattet, in diesem Lieferwagen mitzufahren, der vom Gemeindeangestellten gelenkt wurde und einen einzigen Fahrgast aufnehmen konnte. Der Pfarrer nutzte ihn zwei Mal im Monat, um seine Kapelle abzustauben, die Stola-Sammlung auszuschütteln, das Wasser im Weihwasserbecken zu wechseln, den Tabernakel zu öffnen und wieder zu schließen, woraufhin er kurz die Glocke läutete und der orangerote Lieferwagen ihn auf dem Rückweg wieder abholte. Wäre der Schotte, von dem ich ein deutliches Bild bewahrt habe, nicht gewesen, hätte es überhaupt keine Seilbahn gegeben. Nach allem, was wir, Odd und ich, verstanden hatten, war die Idee einer Seilbahn in seinem Gehirn schon aufgekeimt, als er zwei Jahre zuvor ins Dorf gekommen war. Aber von dem Tag an, als seine Frau ihn unter dem Vorwand, sie würde die Feuchtigkeit und die fehlende Sonne in ihrem Haus unten nicht mehr ertragen, verlassen hatte, um allein in einen der Bauernhöfe oben zu ziehen, war die Idee zur Obsession geworden. Wie uns der Pfarrer erzählte, hatte der Schotte dieses Haus unten nur für seine Frau gekauft und aufwändig restauriert, ein Bergfried, einziger Überrest eines Schlosses am Ufer eines wilden Sturzbaches, etwas außerhalb des Dorfes. Aber, erklärte der Pfarrer, wenn es eines gebe, wogegen man in diesem Bergfried nicht ankämpfen könne, selbst mit Millionen nicht, so sei es dieser feuchte Schatten, der ihn von einem Ende des Jahres bis zum anderen einhüllte. Dennoch hatte der Schotte Pläne gezeichnet und die besten Bauunternehmer beauftragt, alle Mauern wurden isoliert, große verglaste Öffnungen eingelassen, in jedem Stockwerk Terrassen eingerichtet wie hängende Gärten über dem Abgrund, bis der Bergfried nur noch aus weiter Ferne einem Bergfried glich. Und es hieß, im Innern sei ein Fahrstuhl eingebaut worden, was die Phantasien anregte. Dennoch hatte die Frau des Schotten nur zwei Jahreszeiten dort verlebt, in der dritten war sie in einen Bauernhof oben gezogen, von dem sie nicht mehr heruntergekommen war. Von diesem Bauernhof konnte der Schotte wahrscheinlich nur eine Ecke des Dachs ausmachen und den Schornstein, aus dem Tag und Nacht Rauch quoll. Jeden Morgen sahen Odd und ich ihn auf der einen oder anderen Terrasse seines Bergfrieds stehen und die Topographie dieser kargen und stillen Gegend studieren, die ihn von Anfang an fasziniert hatte, so sehr, hieß es, dass er die Besitztümer, die er an verschiedenen lieblicheren Orten des Planeten besaß, sogleich aufgegeben hatte, um diese Quasi-Ruine zu besetzen, sie bewohnbar zu machen und seine junge Frau kommen zu lassen, eine Sängerin, von der das Dorf über zwei Jahreszeiten hinweg Bruchstücke von Koloraturen hatte auffangen können und die Odd und ich nur ein einziges Mal und nur von Weitem gesehen hatten, wie sie mit ihrer Sonnenbrille durch den Schnee stapfte. Der Schotte stand da wie auf einem Kontrollturm, träumte sicher von seiner Seilbahn, plante die Standorte der Stützen, berechnete die Länge der Kabel, stellte sich das Hin und Her der Gondel über den Gesteinsmassen vor. Was er sich hinsichtlich seiner Ehe erhoffte, war ein Geheimnis: Man wusste vom Fahrer des orangeroten Lieferwagens, dass die Briefe, die er seiner Frau schickte, alle unbeantwortet blieben, und wir, der Pfarrer, Odd und ich, wussten überdies, dass der Schotte nicht schwindelfrei war, wie er uns eines Tages anvertraut hatte. Der Pfarrer hatte daraufhin, auf den steilen Felsen und dann auf die tiefen Täler unter dem Dorf weisend, angemerkt, dass es hier nur Schwindelerregendes gebe, und sich höflich darüber gewundert, wie entschieden der Schotte seine Umsiedlung an diesen Ort betrieben habe, der ihn doch mit Grauen hätte erfüllen müssen, liege darin nicht ein gewisser Widerspruch? Der Schotte hatte darauf geantwortet, dass er alle möglichen guten Gründe gehabt habe, sich hier in den Bergen niederzulassen, und genauso viele schlechte, und dass es mit allem so sei, jeder gute Grund, etwas zu tun, enthalte auch sein Gegenteil, sodass er sich selbst aufhebe, und dass der Widerspruch überall sei, konstant und unausweichlich, da komme man nicht raus. Auf jeden Fall hatte er damals mehrere Unternehmen kontaktiert, mehrheitlich Schweizer, die auf die Installation von Seilbahnen spezialisiert waren. Die mit den Wünschen wohlhabender Privatkunden vertrauten Schweizer langweilten ihn nicht mit technischen Details, sie schlugen ihm, wie er uns erzählte, Kabinenmodelle mit Hi-Fi-Anlage, Bar und Kühlschrank, Innenverkleidung mit Rüstertäfelung, Bänke mit Alcantarabezug und andere Extras vor. Man nannte ihm die Namen einiger Architekten für die Entwürfe der Tal- und Bergstation. Man zeigte ihm Fotos von dem Besten, was es gab, Fotos, die der Schotte gründlich studierte, zu denen er, trotz des leichten Schwindels, der ihn bei ihrem bloßen Anblick überfiel, Glückwünsche aussprach, danach erklärte er den Schweizern, dass seine Seilbahn wahrscheinlich neben Menschen auch Tiere transportieren müsse. Welche Art von Tieren?, fragten die Schweizer und sammelten langsam ihre Fotos ein. Nun, Almtiere, antwortete der Schotte, ein paar Ziegen, ein paar Schweine, wahrscheinlich Hühner. Und jede Menge Käse und Wurst, solche Sachen. Schließlich hatte ein Ingenieur aus Lyon den Zuschlag erhalten, ein gewisser Raymond Revenand von der Firma Revenand & Jalatte, ein kleiner Mann, den der Pfarrer eines Tages ins Pfarrhaus hatte kommen lassen, um ihn dem

Schotten vorzustellen. Ich erinnere mich, dass wir alle fünf zu Mittag aßen und der Schotte diesem Revenand zunächst nichts von seinem Seilbahnvorhaben erzählte, er stellte nur klar, dass er nicht Engländer sei, sondern Schotte und jetzt den Bergfried bewohne. Revenand informierte ihn seinerseits, dass seine Frau und er den Plan hätten, eines Tages nach Schottland zu reisen, was ein herrlicher Landstrich sein müsse, wild und romantisch, und wo er, weil man dort Ski fahre, für seine Firma den Markt erkunden könne, à propos, wisse der Schotte vielleicht etwas darüber, wie es um die alpintechnologische Erschließung der Berge seines Landes bestellt sei? Der Schotte sagte, das Klima des schottischen Hochlandes sei entsetzlich, dreihundertsechzig Wolkentage im Jahr und ständig stürmische Winde. Revenand wies im Gegenzug darauf hin, dass es immer Skifahrer gebe, die noch bei extremsten Bedingungen Ski führen, und dass sich mit einer geeigneten Vorrichtung, nämlich mit geringer Höhe des Gehänges und einem System auskuppelbarer Befestigungen, eine exzellente Windfestigkeit erreichen lasse, und dann war während des gesamten Essens nur noch von Tragseilen und Zugseilen, Zugseilrollen, Zugseilumlenkscheiben, Wicklung und Zwischenträgern, Gegengewichten und Winden die Rede. Wir konnten dabei feststellen, dass der Schotte alles registrierte, zuhörte, als wäre ihm seine Seilbahn in Einzelteilen geliefert worden und nähme nun unter Revenands erhellenden Darlegungen Stück für Stück Form und Gestalt an. Und Jalatte?, hatte er sich erkundigt. Jean Jalatte, hatte Revenand geantwortet, Diplomingenieur, wir sind Partner. Wir haben uns auch mit einem italienischen Produzenten zusammengetan. Bei der Motorisierung sind die Italiener die Besten. Wohlgemerkt, die Schweizer sind nicht schlecht, aber sie haben es nicht so mit Zulieferern, das macht sich in ihren Rechnungen bemerkbar. Offenbar interessieren Sie sich für Liftanlagen, hatte er festgestellt. Nur für Seilbahnen, hatte der Schotte daraufhin erklärt. Ich möchte gern eine Seilbahn kaufen. Ich erinnere mich auch an die Ausflüge, die wir, der Pfarrer, Odd und ich, während des Baus der Seilbahn in den Bergen machten und denen sich der Schotte oft anschloss. Der Schotte war unermüdlich, er konnte stundenlang laufen, mit großen Schritten und ohne im Reden zu stocken, und er nahm keine Rücksicht auf den Pfarrer, der neben ihm zart und winzig aussah. Bei klarem Wetter, selten in jenem Jahr, hallten die Worte des Schotten durch die Berge, aber im Nebel schienen sie, kaum dass sie seinen Mund verlassen hatten, durch die Kondensation verschluckt zu werden und erreichten uns nur bruchstückhaft. Auf jeden Fall vernahmen wir einen fanatischen Grundton, eine fortwährende Anspannung, und es war die darunter liegende dumpfe Sorge, die uns, Odd und mich, aufmerken ließ, weil sie der unseren glich. Der Schotte sprach von den Ländern, in denen er und seine Frau vor ihrer Hochzeit gelebt hatten, er sprach von den Hotels, in denen sie abgestiegen waren, den Proben und den Konzerten, die er besucht hatte, Proben und Konzerte, bei denen ihm allmählich die Talentlosigkeit seiner Frau als Sängerin bewusst geworden war, ihre absolute Talentlosigkeit. Ihm, dem es nicht zustehe, darüber zu urteilen, stieß der Schotte hervor, während er durch den Nebel eilte, sei dennoch irgendwann die Talentlosigkeit seiner Frau, die damals noch nicht seine Frau gewesen war, bewusst geworden, und deshalb habe er sie geheiratet, um sie vor ihrer Talentlosigkeit zu schützen und vor den Enttäuschungen, die daraus unweigerlich erwachsen würden. Diese Geschichte mit dem Talent nahm den Schotten derart gefangen, dass er ständig darauf zurückkam, jedes Thema, das er anschnitt, brachte ihn darauf zurück, und Jahre später gestand mir

Odd, dass er seit jener Zeit nie aufgehört habe, die metallische und angespannte Stimme des Schotten zu hören, wie sie damals durch die Berge hallte, und dass jede Wanderung für ihn mit diesen Worten verbunden bleibe, Talent, Talentlosigkeit, er habe sie bei jedem Schritt im Ohr und laufe sozusagen in ihrem Rhythmus.

Erst am übernächsten Tag hörte es auf zu schneien, und zurück blieb eine unlesbare Landschaft. Alles schien mir umso mehr seiner Stofflichkeit beraubt, als mein Schnupfen mich jetzt um den letzten Geruchssinn gebracht hatte, mit der Folge, dass ich mich in einer Art Schwerelosigkeit von einem Raum zum nächsten bewegte, wie entrückt durch die Anosmie, ich hatte mich seit zwei Tagen nicht gewaschen und auch die Bibliothek nicht gelüftet, die Aschenbecher waren voll, genau wie der Karton, der mir in der Küche als Abfalleimer diente, die Möbel waren staub- und die Wandbespannungen salpeterbedeckt, all das musste Gerüche verströmen, die mich zu normalen Zeiten als ein Zeichen der Fäulnis alarmiert hätten, gegen die anzukämpfen ich jetzt aber nicht einmal dachte. Das Fehlen des Geruchssinns hielt alles in einer Art Undifferenziertheit, die nicht nur den geringsten Antrieb zur Sauberkeit überflüssig machte, sondern auch meine Wahrnehmung der Situation beeinflusste. Über dem Schlafrock trug ich die ganze Zeit den Parka und die Mütze, die ich an einem Kleiderhaken in der Halle gefunden hatte, sowie ein Paar Handschuhe, denn da die Anzeige des Öltanks nicht zu erkennen war, hatte ich die Heizung lieber nicht anrühren wollen. Ich hatte mich von Dosenmais und Tetrapak-Suppe ernährt, hatte ein paar Partien Billard gespielt und ein wenig Klavier, wobei ich versucht hatte, eine verschimmelte Partitur zu entziffern, hatte zwei feuchte Balzacs gelesen und war im oberen Stock durch die Zimmer geirrt, durch die unserer Schwestern im linken Flügel, deren Fenster nach Norden hinausgehen, und die unserer Eltern im rechten Flügel. Ich war durch das Norwegerhaus geirrt, wie man es in der Gegend nennt, sicher wegen der norwegischen Vornamen, die unsere Mutter uns zugewiesen hatte, mit Ausnahme von mir, der ich, zehn Minuten nach meinem Bruder Odd geboren, den französischen Vornamen meines Vaters erhalten hatte. Niemand hatte bemerkt, dass unsere Mutter ein weiteres Mal Zwillinge erwartete, sodass meine Ankunft alle verblüffte und für allgemeinen Aufruhr sorgte. Der Arzt, der sie gerade von meinem Bruder Odd entbunden hatte, war mit seinem Geburtshelferhonorar in der Tasche schon dabei, die Treppe hinunterzusteigen, als das Brüllen unserer Mutter im ganzen Haus widerhallte und ich in den Kanal eindrang, den zehn Minuten früher mein Bruder passiert hatte und aus dem ich so blau und mit so pessimistischer Miene auftauchte, dass man mir eilig den erstbesten Vornamen gab, Paul, bevor man mich in eine ebenso eilig vom Speicher heruntergeholte Wiege legte, die neben die von Odd gerollt wurde. Wie auch immer, wir waren für die Bewohner der Umgebung das Norwegerhaus, dabei war nur unsere Mutter wirklich Norwegerin, die von Oslo aus unserem Vater, dem sie beim Überqueren einer Straße begegnet war, in die Rue Carnot gefolgt war und dann in dieses Haus, in dem sie sich nach der Entdeckung, dass sie täglich würde reiten können, endgültig niederzulassen wünschte und wo sie ihn heiratete. Sicherlich hatte sie nicht so viele Kinder vorausgesehen, sechs, vielleicht sieben, sofern sie im Augenblick ihres Todes ein siebtes erwartet hatte. Es gibt ein Foto unserer Eltern, das in einer Straße in Oslo aufgenommen wurde, auf dem unsere Mutter noch nicht vom verschleierten Blick unseres Vaters verschreckt zu sein scheint, ein völlig ausdrucksloser Blick schon zur Zeit ihrer ersten Begegnung. Von unserer Mutter geht jenes matte, Norwegen eigene Licht aus, eine Art Sorglosigkeit, ich vermute, dass sie damals viel lachte und dass unser Vater wohl in gewisser Weise von ihrem Lachen zehrte, das ihm selbst jede Anstrengung zur Fröhlichkeit ersparte.

Im Fernsehen, dessen Ton nach wie vor nicht funktionierte, zeigten sie Bilder von Lastwagen, die zu Hunderten im Schnee steckengeblieben waren, und verlassene Nebenstraßen, die mit den Feldern verschmolzen, aus denen nur grau die Magerkeit der Bäume und der Zäune aufragte. Die Dörfer waren weiß, Hunde kletterten auf Schneewehen herum, Familien mit Schneeschaufeln in der Hand gaben auf der Schwelle ihrer von allem abgeschnittenen Häuser Auskunft. Man betrat Resopalküchen, stieg über Scheuerlappen, in den Flughäfen stapelten sich Menschen und Gepäckstücke, wie immer im Fernsehen wirkte alles absurd. Schließlich beschloss ich, das Wasser im Haus doch wieder anzustellen, ich drehte nacheinander alle Hähne zu und wollte dann in der Waschküche den Haupthahn betätigen, der festsaß und sich nicht drehen ließ, ich sah auf dem Boden den Engländer liegen, den mein Bruder benutzt haben musste, um den Hahn vor der Abreise zuzudrehen, ich versuchte es damit, vorsichtig und erfolglos. Ich ging zurück in die Bibliothek, wo ich ein Telefonbuch fand, und rief einen Klempner an, dann einen anderen, überall nur Anrufbeantworter. Beim fünften Versuch landete ich bei einem Mann, der mir erklärte, er sei nur der Cousin des Klempners, welcher wiederum frühestens in einer Woche zurückkommen werde, und er ergänzte, es sei zwecklos, auf einen Klempner zu hoffen, seines Wissens nach seien alle Klempner des Départements gerade mit ihren Frauen auf einer Kreuzfahrt in der Karibik, wohin sie ein Sanitärfachgroßhändler eingeladen habe. Sie besichtigen Rumplantagen, präzisierte er. Ich merkte, dass ich erleichtert war, eine Stimme zu hören, und wir, der Cousin des Klempners und ich, sprachen noch ein wenig über den Schnee, den Zustand der Straßen, die schöne Zeit, welche die Klempner da auf den Inseln verbrachten, sowie mein Klempnerproblem, was ich wahrscheinlich bräuchte, vermutete mein Gesprächspartner, sei eine Kugelhahnarmatur als Ersatz für meinen alten Hahn, niemand denke je daran, diese alten Hähne regelmäßig zu bewegen, die irgendwann verkalkten, Wasserhähne müsse man pflegen wie Gewehre, ob meiner einen Flügelgriff habe, dann könne ich versuchen, die Dichtungsmutter zu lockern oder, weniger riskant, einen guten Rostlöser zu verwenden. Ich legte auf, wiederholte die Operation des Öffnens aller Hähne im Haus, dann fand ich im Zimmer meines Bruders ein Paar gefütterter Halbstiefel und ging nach draußen. Die Luft war wie

Glas, der Schnee war hart geworden, und ich hatte Mühe, die Tür meines Autos zu öffnen, um aus dem Handschuhfach meine letzte Schachtel Zigaretten zu holen. Dann lief ich bis zum Weiher, ohne mich dem Ufer zu nähern, das die Grenze zum Wasser nicht mehr markierte, ich ging links um ihn herum und weiter in Richtung Dorf, durch eine nicht wiederzuerkennende glitzernde Landschaft, bis ich die Straße erreichte, auf der gerade ein Traktor fuhr, der neben mir anhielt und in den ich einstieg. Drinnen überdeckte der Lärm des Motors alles andere, aber es war warm. Der alte Fahrer trug unter seinem Anorak einen schwarzen Anzug, er schrie mir zu, er fahre zur Beisetzung der Kurzwarenhändlerin, zumindest glaubte ich zu verstehen, es handele sich um eine Kurzwarenhändlerin. Sie sind der aus dem Norwegerhaus, schrie er noch, und ich fand es am einfachsten zu nicken, woraufhin wir nichts mehr sagten bis zur Ankunft im Dorf, etwa fünf Kilometer weiter. Vor der Kirche stand eine bescheidene und schweigende Ansammlung von einem halben Dutzend durchgefroren aussehender Personen, die in schlammigem Schnee herumstapften. Ein zweiter Traktor traf ein, ein deutlich klapprigeres Modell als das, in dem ich saß, gelenkt von einem Alten, der neben uns parkte. Der

Leichenwagen kam langsam aus einer Straße gefahren, blank polierte Karosse, der sich alle Augen zuwandten. Wir stiegen vom Traktor, die beiden Bauern schüttelten sich kurz die Hand, der Sarg wurde aus dem Leichenwagen geschoben, darin stellte ich mir ganz selbstverständlich die Kurzwarenhändlerin vor, wenn sie es war – ich erinnerte mich an keine Kurzwarenhandlung –, ein Leben mit Perlmuttknöpfen und Stopfgarn, Borten und Gummibändern, Reißverschlüssen, das alles aus winzigen Holzschubladen an einer Wand gezogen und auf einem verglasten Ladentisch ausgebreitet, in Papiertütchen verpackt, die nichts wogen, das Wechselgeld, die Bescheidenheit von all dem, und jetzt der prächtig aussehende Sarg, die vergoldeten Griffe, der majestätische Leichenwagen, der ganze Trauerpomp, flankiert von einem erbärmlichen, trostlosen Anoraktrupp, dem ich unwillkürlich ins Innere der Kirche folgte, wo uns, mit dem Rücken zum Altar, ein afrikanischer Priester erwartete. Und ich fand mich auf einer Bank zwischen den beiden Traktorbesitzern wieder, die gewiss nicht bei ihrer ersten Beerdigung waren und so gerade dasaßen wie zwei Witwer, die sie vielleicht waren, sich ihrer verstorbenen Frauen erinnernd, denen die Kurzwarenhändlerin möglicherweise die

Hosenträger verkauft hatte, die ihre Bauernhosen festhielten. Der Priester zündete langsam zwei Kerzen an, stellte sich vor den Altar, verschob dort zwei, drei Dinge um ein paar Millimeter, faltete die Hände, richtete dann den Blick nach rechts, wo nach einem Moment des Zögerns hinter einem Pfeiler ein Gesang aufstieg, eine piepsige und entschlossene Stimme, die Mühe hatte, den leeren Raum zu füllen und nach erneutem Zögern in den hohen Tönen endete, endlich abgelöst von der warmen Stimme des Priesters, von dem ich erfuhr, dass wir eine gewisse Jeanine Godefroy zu Grabe trugen. Ich erinnerte mich nicht, jemals in diese Kirche gekommen zu sein, deren Holzdecke einem umgekippten Schiffsrumpf glich. Ich erinnerte mich an den Sarg unserer Mutter, der einen ganzen Tag und eine ganze Nacht in der Halle des Hauses abgestellt worden war, als wäre es ein neues Möbelstück, das wir alle sechs auf den Treppenstufen sitzend wie versteinert anstarrten, außerstande zu akzeptieren, dass unsere Mutter darin war, und nach den Zimmertüren spähend, durch die sie früher oder später kommen musste, um uns zu fragen, was wir dort täten, und uns mit einer Handbewegung auseinanderzutreiben. Am nächsten Morgen stand der Sarg nicht mehr in der Halle, man hatte uns erklärt, dass unsere Mutter nun auf Anweisung unseres Vaters in ein Flugzeug nach Norwegen gestiegen sei. Wir waren zum Stall gegangen, aus dem auch ihr Pferd verschwunden war, ebenso wie die Pferde unserer Schwestern, dann wurde die Stalltür mit einer Kette verschlossen. Unser Vater blieb danach mehrere Tage im Billardzimmer, wohin ihm am Abend Grundbesitzer folgten, die fast all sein Land aufgekauft hatten, Industrielle aus der Umgebung, die er nachzuahmen versucht hatte, und Händler, die ihm noch Kredit gewährten, mit denen er Nächte im Zigarrenrauch verbrachte und Billardpartien austrug, die im Morgengrauen mit der Übergabe von Geldbündeln endeten. Männer, die, nachdem sie ihm sein Land zu einem Viertel des Wertes abgekauft hatten, seinen letzten Schnaps tranken, seine letzten Zigarren rauchten und deren Gelächter und Flüche wir von der Treppe aus hörten. Die Tür öffnete sich gelegentlich für unseren Vater, der mit verbissener Verlierermiene in die Küche ging und eine Flasche holte, oder für einen der Männer, der, noch über einen letzten Scherz lachend, seinen vorstehenden Bauch zur Toilette im Erdgeschoss beförderte, wo er die Tür nicht hinter sich schloss, bevor er erneut die Halle durchquerte, die Hände noch am Hosenstall.

Die unverhohlen obszönen Manieren dieser Männer, ihre Arroganz und ihre Banalität schienen uns vom Bankrott unseres Vaters zu zeugen, der nach wiederholten Versuchen in Getreide, Kautschuk, Rasenmähern und am Ende in Trockenpilzen rundheraus gescheitert war. Unser Vater war gescheitert, wie nach ihm unser Bruder Odd scheitern sollte, dessen offensichtliche künstlerische Talente letzten Endes nirgendwohin geführt hatten. Malerei, Bildhauerei, Collagen und sogar Poesie, unser Bruder hatte sich an allem versucht und jedes Mal aufgegeben. Bis er fünfunddreißig war, hatte Odd gedacht, er könnte etwas aus seinen durchaus vorhandenen künstlerischen Talenten machen, und mit fünfunddreißig war offensichtlich geworden, dass er nichts daraus machen würde. Ich hatte mit ihm daran geglaubt, dass er ein wahrer Künstler werden würde, weshalb ich selbst nie einen Pinsel in die Hand genommen, nicht die kleinste Skizze gezeichnet hatte, ich hatte meinem Bruder darin den Vortritt gelassen. Und wenn sich zufällig herausgestellt hätte, dass auch ich gewisse künstlerische Talente gehabt hätte, hätte ich diesen Weg gewiss nicht verfolgt, der meinem Bruder vorbehalten war, weil es als abgemacht galt, dass von uns beiden er der Künstler sei. Der weitere Verlauf hatte leider gezeigt, dass unser Bruder Odd seine künstlerischen Talente nicht wirklich hatte entwickeln können, er hatte nur in diesem Stadium stagniert, festgefahren in seiner Phantasie, um sich schließlich von der Kunst abzuwenden, wie sich unser Vater schließlich von der Industrie abgewendet hatte. Ich starrte auf den Sarg von Jeanine Godefroy, ohne etwas zu empfinden, und ich hatte jetzt ein schlechtes Gewissen, meinen Bruder Odd zu diesem künstlerischen Weg ermutigt zu haben, das heißt tatsächlich ihn in die Irre gehen gelassen zu haben, ich ging sogar so weit zu denken, ich hätte als Erster erklären müssen, Künstler zu sein, hätte auf diesem Weg scheitern müssen, um ihm so sein eigenes Scheitern zu ersparen. Aber ich hatte sehr früh eingesehen, dass Überleben nur eine Frage technischer Kenntnisse und Fähigkeiten war, während ich meinem Bruder Odd die Behauptung überließ, es sei nur eine Frage künstlerischer Kenntnisse und Fähigkeiten. Tatsächlich hatte ich meine mutmaßliche künstlerische Unfähigkeit zum Vorwand genommen, um mich der Technik zu widmen, in der allein ich Schutz vor dem Untergang sah, und um mich davonzustehlen, während ich meinen Bruder Odd seinem eigenen Scheitern preisgab. Damals war ich schon ängstlich gewesen, ich war es übrigens heute noch, die Angst, in der ich als Kind gelebt hatte und dann als Jugendlicher, hatte mich niemals verlassen, keinen Tag war es mir möglich, davon abzusehen, aber schließlich hatte ich sie als Unannehmlichkeit akzeptiert, nicht mehr. Diese Angst tritt unerwartet und unterschiedlich auf, ich habe festgestellt, dass sie meistens ihren Höhepunkt erreicht, wenn meine Wachsamkeit nachlässt und ich deshalb unvorsichtigerweise allzu viele Gründe für Zufriedenheit kombiniere, weshalb jedes Gefühl von Fröhlichkeit bei mir ebenso flüchtig ist wie ein Luftsog zwischen zwei sich mit großer Geschwindigkeit kreuzenden Zügen. Später, nach dem Ende meines Ingenieurstudiums, hatte Odd darum gebeten, dass ich ihn besuchte und sähe, was er da oben, in einem der Zimmer des zweiten Stocks, malte oder bildhauerte, wo er, wie er gesagt hatte, die notwendige Konzentration finde, aber ich hatte jedes Mal eine Dienstreise in dieses oder jenes Land vorgeschoben, wohin man mich als technischen Fachmann gerufen hatte, dabei wusste ich bereits von unseren Schwestern Adina und Dorthéa, dass sich Odd dort oben in ein Nichts verbissen hatte und dass unser Bruder Harald aus seinem großen Pariser Büro, dessen Wände mit diesen riesigen, rotdominierten zeitgenössischen Bildern bedeckt waren, mit denen sich Wirtschaftsanwälte umgeben, bereits die Bedeutungslosigkeit von Odds Schaffen verkündet hatte. Wo sind eigentlich, fragte ich mich, während der Priester langsam zum Pult ging, die ganzen Gemälde, die Skulpturen – kleine schwarze Marmorstatuen – und die Collagen, die Odd früher angefertigt hat, ich habe nichts davon im Haus gesehen. Die Tiergemälde des Lothringers bringen jetzt horrende Summen, dachte ich, der Lothringer ist offenbar Gegenstand einer solchen Begeisterung, dass sich der übliche Finanzmechanismus in Gang gesetzt hat, seine Galerie in Monaco hat Sammler aus aller Welt auf Warteliste gesetzt, ganz zu schweigen von den Museen, die neuerdings als Käufer auftreten, nachdem sie wie immer gewartet haben, bis sein Kurs den Höhepunkt erreicht hat. Der Lothringer malte inzwischen wie ein Besessener in der Maisonettewohnung in Monaco, seine Gemälde hatten kaum Zeit zu trocknen, bevor man sie wegtrug. Ich hatte natürlich einige davon in Magazinen und Katalogen gesehen, die mir meine Schwester Dorthéa geschickt hatte, und auch wenn ich nicht genau wusste, was ich davon halten sollte, wünschte ich unserem Schwager, zweifellos ein anständiger Mann, er möge nicht nur Museumsdepots füllen, die mit teuer erworbenen und zwanzig oder dreißig Jahre später vergessenen Kunstwerken vollgestopft waren. Ich wusste auch nicht, wie unser Bruder Odd den blitzartigen Aufstieg unseres Schwagers verkraftet hatte, der von dessen Galerie in Monaco meisterhaft begleitet worden war, meines Wissens hatten die beiden nie das Thema Malerei angeschnitten, nicht einmal, als uns der Lothringer am Tag der Verlobung offenbart hatte, dass er malte, keiner von uns hatte damals riskiert, darauf hinzuweisen, dass auch unser Bruder Odd malte. Wie auch immer, ich wäre keine Hilfe für Odd gewesen, der sich, ohne je etwas zu konkretisieren, schon lange in seinen Prozess des Scheiterns gestürzt hatte, und zwar, wie ich immer undeutlich empfand, mit einem gewissen perversen Genuss. Tatsache ist, dass sich Odd dem Leben von Anfang an von seiner verzweifelten Seite genähert hat, wo ich mich damit begnügte, es als eine unmenschliche Farce anzusehen, und während mir ein Grundzug von Melancholie und etwas wie Wehmut – wonach bloß? – zu eigen war, hat Odd sich ganz und gar seiner Verzweiflung gewidmet. Sie, die den Herrn immer anerkannt hat, kann voller Vertrauen vor ihn treten, erklärte der Priester und ließ uns aufstehen. Nachdem unser Vater sich wochenlang im Billardsaal eingeschlossen hatte, während wir alle sechs vollkommen uns selbst überlassen worden waren, verließ er das Haus unter dem Vorwand, er habe in der Wohnung in der Avenue Carnot zu tun, in die er tatsächlich nie einen Fuß gesetzt hatte, wie wir erfuhren. Wir sahen ihn zwei Monate später wiederkommen, und neben ihm sprang aus dem Taxi, das ihn vom Flugplatz hergebracht hatte, eine dickliche Frau auf winzig kleinen Füßen, die uns auf der Außentreppe als Emily Garmond vorgestellt wurde, eine Amerikanerin, die ein oder zwei Wochen hier verbrachte, praktisch ohne ein Wort mit uns zu wechseln. In der folgenden Zeit trat die Amerikanerin mehrmals auf diese Weise in Erscheinung, und jedes Erscheinen bedeutete auch das Erscheinen einer Handtasche, die einen länglichen Umschlag voller Geldscheine enthielt, der am Ende ihres Aufenthalts in die Jackettinnentasche meines Vaters gesteckt wurde, nicht ohne dass sie damit zuvor mit unsäglicher Schalkhaftigkeit ein paar Sekunden vor seiner Nase gewedelt hatte. Uns graute vor dem Lachen, mit dem Emily Garmond all ihr Tun und Treiben begleitete, wie das Lachen von jemandem, den man kitzelt, und das ständig durch die Halle oder oben aus dem Schlafzimmer unseres Vaters erschallte – um die Wahrheit zu sagen war sie die einzige Person, die wir je hatten lachen hören, obwohl unsere Schwester Margrete behauptete, unsere Mutter habe ein oder zwei Mal gelacht, ein Lachen, das ihr durch Mark und Bein gegangen sei, sagte sie, und unsere Schwester Adina hieß sie schweigen. Wir hatten nie erfahren, wo unser Vater diese Emily Garmond aufgegabelt hatte, die in einem Mietwagen eintraf, ebenso wieder abfuhr und während der ganzen Zeit, die sie blieb, also ungefähr zehn Tage alle drei Monate, so tat, als sähe sie uns absolut nicht, als wären sie und mein Vater allein im Haus. In dieser Zeit nahmen wir unsere Mahlzeiten im Anrichtezimmer ein und zwangen uns, nicht an das zu denken, was da oben geschah, im Schlafzimmer unseres Vaters, aus dem sie zu den unmöglichsten Zeiten herunterkamen, um sich im Salon einzuschließen, und im Sommer hörte man sie draußen hinter den Bäumen. Wir vermuteten, in Amerika existierte ein amerikanischer Ehemann, warum sonst hätte sich die Amerikanerin mit diesen episodischen Besuchen begnügt, obwohl sie alle naselang verkündete, sie könne nicht mehr auf »diesen alten düsteren Ort« verzichten, den wir bewohnten. Und was fand sie an unserem Vater, der, kaum kündigte sie sich an, unsere

Existenz noch mehr zu vergessen schien. Auf jeden Fall hörte dieses Kommen und Gehen mit Handtasche, von der wir schließlich begriffen hatten, dass sie das enthielt, was uns während ihrer Abwesenheit überleben ließ, nach fast zwei Jahren ganz auf, und wenn auch niemand von uns jemals den Namen Emily Garmond aussprach, fingen wir doch an, auf die Anzeichen ihres Wiedererscheinens zu lauern, und bedauerten, uns ihr gegenüber nicht freundlicher gezeigt zu haben. Einerseits wollten wir sie mit ihrer Handtasche voller Geldscheine auftauchen sehen, andererseits fürchteten wir sie während all der Monate, in denen unser Vater anfing, im Pyjama durchs Haus zu laufen, und sich schließlich überhaupt nicht mehr aus dem alten gelben Samtsessel in der Bibliothek wegrührte, zwei, drei, vier Jahre saß er in diesem Sessel, dann ging er zur Bank, ließ sich alles Geld auszahlen, was noch übrig war, und wir sahen ihn nie wieder.

Zum Friedhof ging ich dann doch nicht mit, dorthin ging auch der alte Traktorfahrer nicht, der irgendwo im Dorf zu tun hatte und mir anbot, ihn in drei Stunden vor der Kirche wieder zu treffen, er würde mich zurückfahren. Ich ging direkt zwei Straßen weiter in den *Gasthof zum Schwarzen Schwan,* ein mittelmäßiges Lokal, aber kilometerweit das einzige im Umkreis, es hatte ein paar Fremdenzimmer im oberen Stockwerk und hieß jetzt *Gasthof zum Weißen Schwan,* wie ich bemerkte, obwohl sich die Ausstattung im Inneren nicht im Geringsten verändert hatte, immer noch genauso trist, und das Essen, das auf einer fettigen plastiküberzogenen Karte stand, ebenso abscheulich wie zur Zeit des *Schwarzen Schwans,* wie ich ebenfalls bemerkte. Der Teller, der mir gebracht wurde, vermittelte eine Vorstellung davon, was sich in der Küche abspielte, wo sich jemand offensichtlich damit begnügt hatte, einen Haufen Püree neben einen kümmerlichen Entenschlegel zu klatschen, das Ganze war mit einer gallertartigen Orangensauce überdeckt, und ich nahm es in dieser typischen Stille zu mir, die man in solchen ländlichen Etablissements findet, Besteckklappern und Geflüster linkischer Gäste. Ich hatte die Absicht, dort nach meinem Mittagessen ein

Zimmer zu verlangen und darin eine heiße Dusche zu nehmen, bevor ich wieder aufbrach. Einige Männer aßen allein zu Mittag wie ich, und an einem Tisch zu meiner Linken saß unter zwei Wandleuchtern in Form von Schwanenhälsen ein Paar, das mich genauso hartnäckig beobachtete wie von ihrer Kasse her die mutmaßliche Wirtin des Gasthofs, aber es war eine Tatsache, dass ich mich seit drei Tagen nicht rasiert hatte und mich weder meines Parkas noch meiner Mütze entledigt hatte, denn in der Kirche war es genauso kalt gewesen wie im Haus. Ich bedauerte, nichts zu Lesen mitgebracht zu haben, mit Ausnahme des Briefes meines Bruders, den ich noch immer in der Tasche hatte, aber den ich nicht noch einmal zu lesen beabsichtigte, ein übrigens ziemlich unleserlicher Brief, dessen krakelige Schrift ich nur mit Mühe als die meines Bruders hatte erkennen können. Gleichwohl hatte er mit deutlich festerer Hand, sicherlich vom Bahnhof aus, wo er den Brief für mich eingeworfen hatte, sein Postskriptum hinsichtlich des Wasserhahnes im zweiten Stock formuliert, damit ich mich unverzüglich auf den Weg machen würde. Sollte er anschließend in einen Zug gestiegen sein, dann in dem Wissen, dass, wenn ich mich auch nicht von seinem Plan zu verschwinden beeindrucken ließe (ich bin am Ende, hatte er geschrieben), ich doch zumindest diesem Postskriptum gehorchen würde. Danach konnte er überallhin gefahren sein, zum Beispiel nach Malaysia, die Möglichkeit eines Aufbruchs nach Malaysia ist nicht von der Hand zu weisen, sagte ich mir, während ich durch das Fenster des Gasthofs die menschenleere Straße betrachtete. Möglicherweise hatte es sich Odd tatsächlich in den Kopf gesetzt, eine Spur zu finden von den letzten Jahren, die unser Vater dort angeblich verbracht hatte, anders als ich während meines Aufenthalts im Bundesstaat Sarawak vor Jahren. Ich hatte mich damals zu einer Forschungsstation begeben sollen, wo mich, neben einigen Beratern mit kürzeren Aufträgen wie dem meinen, eine kleine Gruppe von Forstwirten erwartete, die vom Forest Institute of Malaysia und dem WWF abgestellt waren, aber ich hatte diese Station nie erreicht. Der von einem jungen Führer gesteuerte Jeep, der mich hinbringen sollte, war da stehen geblieben, wo die Straße abbricht, wonach uns ungefähr drei Kilometer Marsch durch den Dschungel blieben. Es war sieben Uhr morgens, und da ich feststellte, dass sich ein schmaler, aber unverkennbarer Pfad abzeichnete, dem ich, mit meinem Gepäck beladen, nur zu folgen brauchte, hatte ich den Führer und seinen Jeep weggeschickt, ganz aufgeregt von der Aussicht, diese drei Kilometer allein zurückzulegen. Vierundzwanzig Stunden später gab es allen Grund, mich für vermisst zu erklären. Ich erinnere mich, dass mir die ersten fünfhundert Meter, unterbrochen nur von Pausen, während derer ich alles zu Papier brachte, wozu mich die ausgefallene Szenerie und ihre verblüffende Geräuschkulisse anregten, keinerlei Probleme bereiteten, doch es kam jener verstörende Moment, in dem der Pfad schlicht und einfach zu existieren aufhörte. Plötzlich herrschte eine in sich verschlossene kletternde, kriechende Vegetation, voller Verzwirbelungen, Knoten und Durcheinander, von der ich mich aber nicht aus der Ruhe bringen lassen wollte. Unter einer Blätterhöhle glaubte ich in der Tat die Fortsetzung des Pfades zu erkennen, so etwas wie eine verschlungene Ader, auf die ich mich begab und deren dünnen Windungen ich halb gebückt eine Zeitlang folgte. Recht schnell war die Helligkeit in Bodennähe gleich null, und ich musste die elektrische Lampe aus meinem Gepäck holen, meinen einzigen Ausrüstungsgegenstand, abgesehen von einem vor meiner Abfahrt im Hotel ausgeliehenen Messer, das bis dahin sicherlich nur Butterbrote gesehen hatte. Gleichwohl war ich erleichtert, dieses

Messer bei mir zu haben, und bewegte mich weiter voran, langsam und mit geschlossenem Mund, um den Insekten den Weg zu versperren, während ich mich auf den Lichtkegel meiner Lampe verließ, deren Leuchten, wie die Lampen der Platzanweiserinnen im Kino, abrupt durch das Blätterdach der Bäume zuckte. Ich zerfloss unter meinen schweißgetränkten Kleidern, und für diesen Schweiß war sicher allmählich auch Angst eine Ursache. Der von Blutegeln wimmelnde Boden war klebrig von einer sich zersetzenden Vegetation, auf der ich ausglitschte, meine Knöchel verfingen sich in den Lianen, Eidechsen huschten, und mehrere Male sah ich einen im Hinterhalt liegenden Zipfelkrötenfrosch unter meinen Füßen Reißaus nehmen. Während ich nach Schlangen spähte, dachte ich an meine Lektüre vor der Abreise, die mich zwar eine feindliche Umgebung hatte erwarten lassen, mich aber keineswegs auf eine derartige Unerbittlichkeit vorbereitet hatte. Ich erinnerte mich auch, etwas über Wildschweine gehört zu haben und über den Schlamm, mit dem man sich einreiben sollte, um ihrer Witterung zu entgehen, dann fiel mir die Malaria ein. Plötzlich stand ich vor einem Hang. Und zwei Stunden später, um den Preis unzähliger artistischer Übungen, auf dem Gipfel dieses Hangs. Von dort aus sah ich zu allen Seiten eine gekräuselte grüne Weite, die an gewaltige, aneinandergepresste Brokkoliköpfe erinnerte, gestreift von Nebelfetzen. Aber keine Spur von Menschheit. Vielleicht in der Ferne ein undeutliches Wassergeräusch. Ich glaube, ich rief. Vor allem rief ich Skelton, einen Engländer, den ich am Vorabend in der Bar meines Hotels kennengelernt hatte. Dieses Rufen, das auf absurde Weise in der Landschaft widerhallte, konnte nur Zeichen einer beginnenden Panik sein, denn Skelton, der ohnehin keinen großen Eindruck auf mich gemacht hatte, lehnte zu dieser Stunde gewiss in aller Ruhe an der Hotelbar, wo er seine Tage verbrachte. Ich wartete einen Moment, schwenkte aufs Geratewohl meine Lampe in der nebligen Leere, bis ein Regenguss schonungslos über allem niederging und mich schleunigst kehrtmachen ließ. Ich stürzte also denselben Weg wieder hinab, den ich hinaufklettert war, indem ich mich an Lianen klammerte, unaufhörlich ausglitt, gestützt nur von dem Gedanken an die Teerstraße und einen Jeep, irgendeinen Jeep, der sich dort befinden würde, um mich ins Hotel zurückzubringen. Mir war eiskalt, meine Hände und mein Hals bluteten, aufgerissen von der Vielzahl der Stacheln, die aus jeder Pflanze ragten, noch aus dem unschuldigsten Farnkraut. Ich musste noch ein paar Stunden marschieren mit brennender Haut, aber schlotternd, die Finger um mein Messer geklammert, dann kam der Augenblick, als ich spürte, wie ich auf den aufgeweichten Boden sank, und der Moment, als ich mich ausstreckte, woraufhin ich nur noch dem Regen zusah, wie er die Baumstämme herabrann. Hinterher erfuhr ich, dass das Fieber vierzehn Tage gedauert hatte, aus dem ich unter einem Moskitonetz liegend in einem Bungalow auftauchte, dem einzigen Gebäude am Ufer eines Flusses mit zwei oder drei auf der Böschung aufgereihten Einbäumen. Eine kleine Gruppe tätowierter Männer hatte mich im Dschungel gefunden, mich dorthin gebracht und mir daraufhin nach lokaler Manier Tränke und Mixturen verabreicht, die auf meinen Stoffwechsel nicht den erhofften Effekt gezeigt hatten, sodass ich unfähig gewesen wäre, mich zu einem Flussdampfer zu schleppen, wäre einer vorbeigekommen, und noch unfähiger, einen Einbaum flottzumachen. Ich habe eine vage und schmerzliche Erinnerung an jene Mittel, die sie mir einflößten, an ihre schmalen Augen und zahnlosen Münder, die sich über mich beugten und die immer gleiche unverständliche Litanei hervorbrachten. Bestimmt aber werde ich niemals aufhören, über die Wahrscheinlichkeit nachzudenken, die für mich bestand, an diesem entlegenen Ufer eines asiatischen Flusses einen französischen Arzt anlegen zu sehen, einen gewissen Emile Carp, wie ich später erfuhr, noch dazu ausgestattet mit Antibiotika und Anti-Insekten-Pulver, genauso wie ich auch ewig die Erinnerung an sein Auftauchen bewahren werde oder genauer: an das Auftauchen dreier Männer mit einem Auto auf einem Floß. Die durch mein Moskitonetz und den Schweiß meiner Lider getrübte Vision dieses Fahrzeugs, das langsam auf dem Fluss herankam, umgeben von diesen drei mit Paddeln und Stöcken bewehrten Männern, überzeugte mich, dass ich in eine halluzinatorische Phase eingetreten war. Sie legten an. Daraufhin ertönte ein Motor, was mich die Augen schließen ließ, und als ich sie wieder öffnete, nahm ich neben dem an Land gebrachten Wagen eine Art Koloss mit kurz geschorenem Haar wahr, dann einen Mann im Straßenanzug, der sich mir näherte und mich in leutseligem Ton begrüßte, als wären wir bei einem Cocktailempfang, woraufhin er, wahrscheinlich irritiert durch das Ausbleiben einer Reaktion, meinen Zustand zu ermessen schien und sich der Uferböschung zuwandte. Ich habe den Eindruck, wir haben da einen Kranken, hörte ich ihn erklären. Der Koloss, der uns beobachtete, blieb reglos neben dem Wagen. Schließlich erschien Carp, ein Mann von siebzig, achtzig Jahren, und ich meinte, sicherlich wegen meines Fiebers und seines weißen Bartes, Sigmund Freud zu sehen, auf jeden Fall erinnere ich mich, dass der Name Freud mir in den Sinn kam und dass ich diesen Namen murmelte, während ich mich wirr mit der Möglichkeit eines Freud abfand, der lebte und sich in diese abgelegene Gegend der Insel verirrt hatte. Aber genauso gut konnte ich nicht mehr auf dieser Insel sein, genauso gut konnte ich gerade gestorben sein, und meine Seele irrte im Urwald herum, und dann war alles denkbar. Ich wollte mich aufrichten, aber es war Carp, der sich zu mir beugte, und er sagte mir später, man hätte nicht Arzt zu sein brauchen, um auf den ersten Blick zu erkennen, dass ich so übel dran war wie nur möglich. Er befühlte mir rasch die Stirn und zog mein Unterlid herunter. Sie müssen wissen, flüsterte ich und umklammerte mit letzter Kraft seinen Arm, dass ich in einem Pfarrhaus aufgewachsen bin. Das liegt auf der Hand, antwortete Carp, und ich sah, wie er sich aufrichtete und dem Koloss ein Zeichen gab, der sich ins Innere des Wagens beugte und daraus eine Kiste brachte, in der Carp unter dem sehr interessierten Blick des eleganten Mannes einen Augenblick lang herumwühlte, dann Phiolen schüttelte, kurz lächelte und mir eine Spritze verpasste, ohne mir die Zeit zu lassen, auf ihren Anblick zu reagieren. Als ich mich einige Tage später aufsetzen konnte, stellte ich fest, dass sich die drei Männer dort eingerichtet hatten. Der Koloss, den ich nie auch nur ein einziges Wort sagen hörte, hatte mehrere Bäume gefällt und zurechtgesägt, mit Lianenstreifen verbunden und das Ganze in ein findiges kleines Bauwerk aus Pfosten und Querbalken einen Meter über dem Boden verwandelt, auf dem er zwei Zelte für sich und Carp errichtet hatte. Dem eleganten Mann war das zweite Zimmer meines Bungalows zugeteilt worden, der offen gestanden nur ein dürftiges Gebäude aus Zement und Holz war, niedrig und rechteckig, vielleicht ein ehemaliger Wachposten der Kolonialzeit, der noch die endlose Langeweile des früher hierhin abkommandierten Offiziers erahnen ließ und den möglichen Irrsinn, der auf ihn gelauert hatte. Oder aber dieser Ort war Schauplatz furchtbarer Gewalt gewesen, und der Kopf des Offiziers hatte die Schädelsammlung der Dayak-Krieger bereichert. Mir ging es besser, wenn ich auch noch nicht länger als fünf Minuten stehen konnte, und der elegante Mann, der nicht von seinem Kartenspiel zu trennen war und ohne Unterlass neben mir unter dem Vordach des Bungalows seine Patiencen legte, schien der Ansicht zu sein, wir wären bald in der Lage, miteinander Gin Rummy zu spielen. Über diesen Mann glaubte ich mitbekommen zu haben, dass er Diplomat gewesen sei, namentlich in Indien, auf jeden Fall nannte Carp ihn den Diplomaten (so wie er mich den Pfarrer nannte), aber vielleicht hatte dieser Mann sich diese Funktion erfunden, auch wenn er, abgesehen von seinen gut geschnittenen Anzügen, einige der Charakteristika aufwies, die man sich als typisch für einen Diplomaten vorstellte, feingliedrige Hände, tadelloses Silberhaar und höfliche Zurückhaltung, hinter der sich eine lebhafte Intelligenz verbergen konnte oder auch nicht. Während wir unsere Zeit damit verbrachten, uns den Schweiß abzuwischen, blieb er in etwa so trocken wie Holz, fächelte sich friedlich mit seinen Spielkarten Luft zu, als säße er in einem kühlen Garten und erblickte in seiner Umgebung nur blühende Beete und zurechtgestutzte Hecken. Über den stummen Koloss erfuhr ich schließlich, dass er ein Russe war, mit dem Carp das Abteil in der Transsibirischen Eisenbahn geteilt hatte und der ihm aus unklaren Gründen hierher gefolgt war. Wie auch immer, von dem Tag an, als diese drei erschienen waren, sah man die tätowierten Männer, die mich hergebracht hatten, nicht mehr, als hätten sie für die Spritzen von Carp das Feld geräumt, ohne dass man mit Gewissheit hätte sagen können, ob sie uns nicht vom Wald aus beobachteten, der ihr traditioneller Lebensraum und ihre nährende Mutter Erde war und in dem sie sich mit der gleichen Gewandtheit bewegten wie wir uns in den Gängen unserer Supermärkte. Die Anwesenheit eines Autos, einem Hyundai, hatte sie nur ängstigen, bestenfalls ratlos machen können, wie mich selbst übrigens auch, denn es zeichnete sich nirgends eine Straße oder Piste ab, die seinen Nutzen hier hätte rechtfertigen können, es gab nur den Wald von grauenhafter Dichte und diesen Fluss, der ihn zweiteilte wie eine breite Avenue in der Farbe von Tee mit Milch. Carp verbrachte Stunden am Ufer dieses Flusses, reglos und schweigend, meistens aufrecht auf seinen krummen, knotigen, unbehaarten Beinen. Er beobachtete den Koloss beim Fischen mit dem Netz. Manchmal tauchte er ein Palmblatt ins Wasser, womit er sich langsam den Kopf übergoss, dann nahm er seine Haltung wieder ein, beschäftigt mit Gott weiß welchen Gedanken. Ihm gegenüber, am anderen Ufer, bildete der Wald so etwas wie eine Schneise, die der Landschaft wenigstens etwas Tiefe verlieh, in die der Blick schweifen konnte, und an deren Ende man sich mit einem Mal etwas wie Felder vorstellen konnte, ein Reisfeld, irgendeine Plantage, einen Ort, an den man gehen könnte. Aber Carp schien nicht zu beabsichtigen, irgendwohin zu gehen, er schien im Gegenteil irgendwo angekommen zu sein, was für mich etwas Beruhigendes hatte, bis zu dem Tag, an dem er mich als geheilt ansah und den Koloss losschickte, um mit den Bewohnern des Waldes zu verhandeln, woraufhin dieser zurückkam und uns zu verstehen gab, alles sei für meine Abreise im Einbaum organisiert. Am Vorabend dieser Abreise setzte sich Carp neben mich auf einen Felsen, und ich traute mich zu fragen, was er hier verloren habe. Auch wenn er dazu nichts sagte, so erwähnte er doch das Haus, das er mit seiner Frau in der Provinzstadt, in der er Arzt gewesen sei, bewohnt habe, jeder in seinem Stockwerk, die letzten zehn Jahre ohne miteinander zu reden, dann den Tag, an dem seine Frau gestorben sei, und, während er auf die Ankunft seiner Söhne gewartet habe, der Kauf des Hyundais, der mitnichten geplant gewesen sei, sagte er mir. Er habe an diesem Tag das Haus verlassen, und etwas weiter, auf dem Marktplatz, habe er jemanden seinen Namen rufen hören, Doktor Carp, habe er gehört, er habe sich umgedreht, und es sei André Girard gewesen, sein ehemaliger Automechaniker und einer seiner letzten Patienten, der allerletzte, um ehrlich zu sein, da seine letzten Patienten einer nach dem anderen begonnen hätten, zu den beiden jungen Ärzten der neuen Praxis in der Unterstadt zu gehen, nicht aber André Girard, André Girard habe ihn, sagte mir Carp, trotz seiner traditionellen Abhorchmethoden als Arzt behalten, und wenn Carp fertig mit Abhorchen war, hätten sie zusammen ein paar Zigaretten geraucht, hinter der geschlossen Tür zum leeren Wartezimmer. André Girard fürchtete nämlich, so habe Carp schließlich verstanden, bei den neuen Ärzten die kalten, hoch entwickelten Apparaturen, die prompt jede Krankheit im Anfangsstadium aufstöbern, er fürchtete deren unzweifelhafte Diagnose, deren gefühllose Effizienz und mehr als alles die Jugend, sagte mir Carp, die sich nicht, wie Carp es tat, der einige Jahre älter war als André Girard, zwischen ihn und den Tod zu stellen wusste. André Girard schien zu denken, dass junge Ärzte alte Knochen mit einem einzigen Blick direkt ins Grab befördern, ganz so wie junge Mechaniker alte Karren nach einem einzigen Blick direkt auf den Schrott werfen, worauf das, was sich bis dahin durch viel Flickschusterei mehr recht als schlecht erhalten hat, mit einem Schlag zusammenbricht, endgültig außer Gebrauch. Wie auch immer, sie hätten sich auf dem Platz begrüßt und aus den sich anschließenden Worten sei hervorgegangen, dass sie nun beide Witwer waren. André Girard habe erklärt, dass seine Frau eines Morgens schlicht und ergreifend nicht mehr aufgewacht sei, und Carp habe seinerseits erklärt, dass er nicht einmal wisse, woran seine eigene Frau gestorben sei. André Girard wohnte noch immer über der inzwischen geschlossenen Werkstatt, eine Ära ist vorüber, hatte er versichert, man braucht sich nur all diese Vertragshändler anzusehen, die sich am Stadtrand niedergelassen haben, mit ihren Ausstellungsräumen voller koreanischer oder japanischer Ungeheuer, alles Ganoven, hatte er versichert, und in dem Moment sei Carp in den Sinn gekommen, er könne sich jetzt durchaus einen Wagen kaufen, tatsächlich, warum nicht einen Wagen, habe er sich gesagt. Sodass er sich am selben Vormittag für den Koreaner entschieden habe, den ich vor mir hatte, ein rustikales Modell, das aber den Vorzug einer geräumigen Fahrgastzelle, einer guten Sitzhöhe und einer außergewöhnlich großen Windschutzscheibe aufwies, vor allem diese Windschutzscheibe habe Carp bei der Probefahrt begeistert, wie auch die Seitenscheiben, überhaupt die Glasflächen ganz allgemein, Carp habe das Fahren in Angriff nehmen wollen, wollte ein bisschen vor sich hin fahren und beim Fahren so viel wie möglich sehen. Er würde also diesen Hyundai fahren, zum ersten Mal in seinem Leben mit einem Automatikgetriebe, was ihn einen Augenblick lang beunruhigt habe, sagte er mir, aber da muss man durch, wie der Vertragshändler gesagt habe, das Wichtigste ist, den linken Fuß zu vergessen, Sie stellen Ihren linken Fuß auf die Fußmatte, habe ihm der Vertragshändler erklärt, und vergessen ihn, nur Ihr rechter Fuß arbeitet. Und tatsächlich habe das Automatikfahren sich als erholsam erwiesen, schon bei der ersten roten Ampel habe Carp es geschätzt, sich nicht um den Schaltknüppel kümmern zu müssen, als der Hyundai durch einen einfachen Druck des rechten Fußes aufs Bremspedal ohne Abwürgen stehen geblieben und danach ebenso leicht wieder losgefahren sei. Er hatte einen Scheck ausgestellt und die Werkstatt verlassen, war zu seinem neuen Wagen gegangen, hatte seinen Regenmantel ausgezogen und auf die Rückbank gelegt, sich ans Steuer gesetzt, war einen Moment durch die Stadt gefahren, hatte immer langsamer mehrere Runden um den großen Platz gedreht, woraufhin er in eine abschüssige Straße seinem Domizil entgegengesetzt eingebogen und wieder vor der Hyundai-Niederlassung vorbeigefahren war, den Kreisverkehr erreicht hatte, der verschiedene Abzweigungen anzeigte, aufs Land hinausgefahren war und die Stadt für immer hinter sich gelassen hatte, die im Rückspiegel immer kleiner geworden und schließlich nur noch eine unbestimmte Erinnerung gewesen war. Das habe ich getan, sagte mir Carp, so bin ich vorgegangen. Er richtete den Blick auf den staubigen Hyundai, der auf dem hart gewordenen Schlamm am Rand des Flusses parkte. Ich hatte da einen ausgezeichneten Wagen, sagte er, der nichts als fahren wollte. Ich blickte meinerseits auf den Hyundai, der unter dem feuchten asiatischen Himmel stand und jetzt an allen Stellen verbeult war, stumpf gewordene Karosserie, Rostflecken, und ihm fehlten die meisten seiner ursprünglichen Zubehörteile, die eines nach dem anderen von ihm abgefallen waren im Lauf der langen Reise, die er mit Carp zurückgelegt hatte, doch der Hyundai hatte ungefähr zweihunderttausend Kilometer durchgehalten, genau wie der Regenmantel durchgehalten hatte, mit dem Carp Jahre zuvor aufgebrochen war, ein englischer, offenkundig unverwüstlicher Regenmantel, den ich quer über der Motorhaube ausgebreitet liegen sah. Diesen Regenmantel streifte Carp sich bisweilen über und erinnerte dann flüchtig an den Mann, der er gewesen war, und an Bilder eines regnerischen Europa. Aber seine jetzige Aufmachung bildete auch die Summe aller Länder, die er am Steuer seines Wagens durchquert hatte, irisierende chinesische Jacke, deren Ärmel er abgetrennt hatte, und ausgefranste Bermudas, Überrest einer polnischen Hose, dazu kroatische Halbstiefel aus dickem gelben Leder und einen mongolischen Schal, den er sich als Stirnband um den Kopf wickelte. Sein Haar wellte sich durch die Luftfeuchtigkeit, und sein Bart bildete winzige Löckchen, die er mit der Schere vor einem Spiegel stutzte, der an einem Mangrovenstamm befestigt war. Die Jahre der Fahrt schienen ihn nicht erschöpft zu haben, genauso wenig die fortwährenden Unwägbarkeiten, auch hatten ihm die Jahre jene Geschmeidigkeit verliehen, die in jeder seiner Gesten zu spüren war, als sei von dieser ganzen Fahrerei nur das Wesentliche geblieben, nämlich ein ruhig durch seine Adern fließendes Blut, das jede Parzelle seines alten

Körpers gleichmäßig versorgte. Von dieser Fahrt erzählte er wenig, abgesehen von den wiederholten technischen Unannehmlichkeiten, die der Hyundai erlitten hatte, dem die Über- und Durchquerungen von Pässen, Pisten, Wüsten, Steppen und Sumpfgebieten hart zugesetzt hatten. Und jeder der Mechaniker, die sich über seinen Motor gebeugt oder unter sein Fahrgestell gelegt hatten, war Carp in deutlichster Erinnerung geblieben. Es sei bisweilen, sagte er mir, ein wochenlanges Warten gewesen, denn besagte Mechaniker seien nicht alle gleichermaßen für die Mechanik begabt und unterschiedlich ausgestattet gewesen, manche hätten sich gar nicht anders zu helfen gewusst, als den Wagen in seine Einzelteile zu zerlegen, die dann in der unsicheren Erwartung eines Schraubenbolzens oder eines Zylinders auf dem ölverschmierten Boden geruht hätten. Carp hatte sich geduldet, obwohl man ihm wiederholte Male zum Kauf eines anderen Fahrzeugs geraten hatte, und ich konnte ihn mir mühelos im Dämmerlicht der Werkstätten vorstellen, vor dem zerlegten Hyundai stehend wie am Bett eines Kranken und nach dem einen oder anderen Teil greifend wie nach einem verletzten Gliedmaß, bevor er es auf den Boden zurücklegte. An der Grenze zwischen Laos und Thailand sei es gewesen, sagte er mir, dass er das Vorhandensein eines neuen Schaltknüppels bemerkte. Der Mechaniker habe ihm zu verstehen gegeben, dass er aus Eigeninitiative an die Stelle des Automatikgetriebes *(not good, not good)* ein Schaltgetriebe gesetzt habe, an das sich wieder zu gewöhnen Carp, so sagte er mir, alle Mühe der Welt hatte.

Ich bestellte beim Kellner einen Kaffee, dann bat ich um die Rechnung, und die mutmaßliche Wirtin des Gasthofs brachte sie mir. Mich wundert, dass Sie wiedergekommen sind, sagte sie in feindseligem Ton, den das Paar zu meiner Linken gutzuheißen schien, ganz offensichtlich hielten mich alle drei für meinen Bruder Odd. Der Rechnungsbetrag überstieg bei Weitem den Preis meiner Mahlzeit, umfasste offenkundig jene, die Odd vor mir ohne zu zahlen hier zu sich genommen hatte und die ich wortlos übernahm, wonach ich darauf verzichtete, ein Zimmer zu verlangen, und auf die Straße trat, wo mich gleich wieder die Kälte packte. Ich hatte noch zwei Stunden vor mir, und nachdem ich den Plan der Gemeinde studiert hatte, der an einer Tafel hing, beschloss ich, bis zum Schwimmbad zu laufen, das in einem Kilometer Entfernung eingezeichnet war und wo ich mich duschen würde. Ich ging in Richtung Dorfplatz, vorbei an trostlosen Schaufenstern, blieb einen Moment vor dem des Tierarztes stehen, das mit Heu gefüllt war, über dem ein Paar bunter Vögel flog, vielleicht Wellensittiche, ich habe nicht viel Ahnung von Vögeln. Das Schmuckgeschäft nebenan hatte einen Monat später immer noch die Weihnachtsdekoration im Schaufenster, sofern es sich nicht um eine ganzjährige Dekoration handelte, ein Konglomerat aus glänzendem Papier, auf dem Eheringe aufgereiht waren, und während ich meinen Weg fortsetzte, dachte ich an den Ehering, den ich am Morgen unserer Hochzeit für Hélène gekauft hatte, als mir klar geworden war, dass sie auf einen Ehering Wert legte, ich hatte einen glänzenden und zu großen Ring gekauft, den sie schließlich nie getragen hat. Eine Stunde nach diesem Kauf kamen wir verheiratet aus dem Rathaus, mit unseren Trauzeugen, ihrer Schwester für Hélène, dem Mann ihrer Schwester für mich, einem Mann, der im Monat darauf am Mont-Saint-Michel gestorben war, ohne dass jemand verstanden hatte, was er dort mitten im Winter verloren hatte, wir standen alle vier auf dem Bürgersteig vor dem Rathaus herum, beschossen von einem Fotografen, den wir nicht bestellt hatten und der, ohne darum gebeten worden zu sein, mit uns aus dem Standesamt gekommen war, von uns im Treppenhaus, dann im Foyer und schließlich auf der Straße weiter Fotos gemacht hatte, Fotos, die wir später in Form von Kontaktabzügen mit dem gestempelten Vermerk Probeabzug quer darüber erhielten und die wir in ein Schubfach legten, ohne sie entwickeln zu lassen,

Hélène mit einem kleinen weißen Filzhut, ihre Schwester stark geschminkt, dann fanden wir uns in der nächsten Bäckerei wieder, wo kein Alkohol ausgeschenkt wurde und wo wir unser Plastikbesteck in Würste im Teigmantel bohrten, alle vier im Bewusstsein, dass alles mehr Stil hätte haben können, dass Hélène, die hartnäckig unter ihrem Hut lächelte, etwas Besseres verdient hätte. Warum wir nicht die Avenue de la Mairie weitergegangen waren, um ein richtiges Restaurant zu finden, weiß ich nicht. Eine Ehe, die ich von mir aus vorgeschlagen hatte und der Hélène zu meiner Verwunderung keineswegs eilig zugestimmt hatte, sodass ich in die Situation geraten war, zu insistieren und sie dann geradezu anzuflehen, eine Ehe, die ganz genau sieben Monate angedauert hatte, bis Hélène ging und mich allein in der Wohnung zurückließ, die wir gemeinsam gemietet hatten, ohne den größten Teil ihrer Kleider mitzunehmen, die ich also mit allem anderen in meine neue Wohnung bringen und bis zum vergangenen Donnerstag, als Hélène sie endlich abholte, neben meinen in einem Wandschrank im Flur aufbewahren musste. Diese neue Wohnung, mein erster Kauf nach zwei Jahrzehnten Hotelzimmern, Bungalows und möblierten Zimmern an verschiedenen Orten der Welt, an denen ich gearbeitet habe, ist eigentlich ziemlich erbärmlich, sagte ich mir, während ich auf das Schwimmbad zuging, ein blaues Gebäude, das jetzt in Sichtweite war. Das dachte wahrscheinlich auch Hélène, obwohl sie nur gerade lange genug geblieben ist, um ihre Sachen aus dem Wandschrank in ihren Koffer zu räumen, und nicht darum gebeten hat, sie zu besichtigen. Eine bescheidene Wohnung im zweiten Stock an einer Ecke der Rue Lafayette, laut auf der Wohnzimmerseite und dunkel zum Hof hin, wo ich schlafe, und für die ich mich in fünf Minuten entschieden habe, zum Teil aus Rücksicht auf den jungen Immobilienmakler, einen Berufsanfänger und ziemlich entwaffnend in seiner Art, unter entschuldigendem Gestammel mit seinen Schlüsselbunden und seinen Formularen zu hantieren, offensichtlich außerstande, einen einzigen positiven Aspekt dieser Wohnung hervorzuheben. Außerdem brauche ich, da ich jetzt nur noch als Berater für den Bau, die Reparatur oder das Sichern von Staudämmen tätig bin, einen Ort zum Wohnen, bevorzugt eine Hauptstadt, und warum nicht Paris. Verglichen mit den Orten, in denen ich gelebt habe, scheint Paris von nichts bedroht, eine solide Stadt, überall solide Steinquader, korrekt angelegte Avenuen, weder Sand noch Schlamm, ein regelmäßiger, kontinuierlicher Strom funktionierender Autos und ebensolcher Fußgänger, robuste Kinder, komprimierte Zeit, ohne Gestank, ohne Geschrei, ohne streunende Hunde. Auf der anderen Seite meines Treppenabsatzes liegt die Wohnung eines alten Historikers, eines Universitätsprofessors, der sie vor mittlerweile einem Jahr gekauft und immer noch nicht bezogen hat. Sein Bett ist gemacht, wie ich an dem Tag feststellen konnte, als er mich hereinbat, die Handtücher hängen im Badezimmer neben der Seife, die Bilder an den Wänden, trotzdem scheint es, wenn ich recht verstanden habe, als sei der Mann psychisch außerstande, den Schritt des Umzugs zu machen, weshalb er in einem Einzimmerappartement in einem Universitätswohnheim lebt, all seine Geschichtsbücher in Kartons gestapelt, und offenbar auf seinen Rausschmiss wartet. Was mich angeht, so muss ich meine Wohnung noch einrichten, denn außer dem Bett, das mir ein Möbelhaus geliefert hat, einem Küchentisch, zwei nicht zusammenpassenden Hockern und einem Stuhl, welche die Vorbesitzer zurückgelassen haben, ist sie leer und folglich recht ungemütlich. Allerdings kaufe ich keine Möbel, die Frage des Mobiliars stellt sich zum ersten Mal in meinem Leben, und ich verschiebe sie von einem Tag auf den folgenden, sodass die Zeit vergeht und ich immer noch auf demselben Stuhl sitze. Die Vorbesitzer haben auch ein paar Bücher zurückgelassen, darunter das *Handbuch für den Fleischerlehrling*, verfasst von einem gewissen Monsieur Poulain, mit Vorworten der Herren G. Breton und D. Giron, zum Zeitpunkt der Veröffentlichung Präsident des Verbandes der Wurstwarenhersteller, respektive der Fleischerinnung im Département Calvados. Monsieur Poulin wird darin von den Vorwortautoren als ein bestens qualifizierter Fachmann und überdies Pädagoge dargestellt (vielleicht ist er es immer noch) und das Schwein als ein achtenswertes Tier, das sich noch im 12. Jahrhundert, wie im Kapitel »Das Schwein im Laufe der Jahrhunderte« dargestellt, frei durch die Straßen bewegte und von Abfällen ernährte, bis Ludwig VI., der Dicke, dieser Freiheit ein Ende setzte, nachdem sein Sohn Philippe durch eines dieser frei herumlaufenden Schweine vom Pferd gestoßen und tödlich verletzt worden war. Ich habe aus dem Buch gelernt, dass an diesem Tier alles von Nutzen ist, Fleisch, Speck, Haut (Lederwaren), Borsten (Pinsel und Bürsten) und Streu (Dünger), dass der Beruf des Fleischers seit dem 15. Jahrhundert gesetzlich geregelt ist und dass der moderne

Fleischerlehrling heutzutage bevorzugt von robuster Gestalt sein sollte, ohne Krampfadern, ohne Plattfüße, aber mit guten Augen, wegen der sonst beschlagenden Brillengläser bei jedem Betreten und Verlassen der Kühlräume. Es wird auch darauf hingewiesen, dass die Hinwendung zum Beruf des Fleischers bei den jungen Lehrlingen nicht immer aus Neigung oder freiem Wille erfolge, dennoch ist das Exemplar, das ich zu Hause habe und das sich als »echtes Arbeitswerkzeug« versteht, so sorgfältig mit Anmerkungen und Unterstreichungen versehen, praktisch auf jeder Seite, dass ich mich frage, in welchem Geisteszustand sich derjenige, der all diese Anmerkungen und Unterstreichungen angebracht hat, wahrscheinlich ein junger Lehrling, bei der Lektüre dieses Handbuchs befand, völlig begeistert oder schlichtweg verzweifelt.

Nachdem ich an einer Reihe lachsfarbener Einfamilienhäuser vorbeigelaufen war, erreichte ich das Schwimmbad, gelegen am Rand einer ausgedehnten stillen und verschneiten Ebene, inmitten derer, ungefähr fünfhundert Meter entfernt, sich die mit einer doppelten Stacheldrahtreihe gespickte Strafvollzugsanstalt befand, deren Scheinwerfer gelbliche Lichtkegel durch den Nebel bis zu mir sandten. Wenn man nach dem Gefängnis weitergeht, gelangt man zur Irrenanstalt, in der unser Bruder Harald zeitweilig unsere Schwester Margrete untergebracht hatte, und noch weiter, hinter dem Müllplatz, macht die Ebene dem kleinen Gebirge Platz, in dem unsere Mutter von ihrem Pferd geschleudert worden war. Gefängnis, Irrenanstalt, Müllplatz, das ist der Parcours, dem man über einen Kilometer auf dieser grotesken Ebene folgen kann. Von dort, wo ich mich befand, dem Schwimmbad gegenüber, konnte man kaum das Gebirge erkennen, das im Nebel steckte und in das unsere Mutter täglich ihre drei Töchter mitgenommen hatte, kaum dass diese sich auf einem Pferd hatten halten können. Unsere Mutter hatte es also so eingerichtet, dass ihre drei Töchter perfekt reiten konnten, nicht aber ihre drei Söhne, als sei das Reiten für die Töchter und sie ein Weg gewesen, der männlichen Neurasthenie zu entgehen, die im Haus vorherrschte. An der Spitze der Neurastheniker stand unser Vater, der sich auch gewalttätig zeigen konnte, wie übrigens unser Bruder Harald, von gezügelter, dennoch beängstigender Gewalt. Tatsächlich schienen unsere drei Schwestern nicht von der allgemeinen Neurasthenie befallen, Adina wahrscheinlich durch ihren autoritären und tatkräftigen Charakter geschützt, Dorthéa durch die fortwährende Aufregung, die sie wie eine Fliege von einem Zimmer zum anderen schwirren und unüberlegt plappern ließ, und Margrete durch ihren stillen Wahn. Und sicher haben sie unsere Mutter in der kurzen Zeit, in der sie sie gekannt haben, mehr als alles auf der Welt geliebt, so wie wir Jungen sie gleichermaßen geliebt und nach ihrem Reitunfall lange von ihr geträumt haben, insbesondere Harald, glaube ich, der sich in seiner Eigenschaft als Ältester bei allem an vorderster Front befand, wahrscheinlich der Einsamste und damals der Gequälteste von uns allen. Ich durchquerte den Eingang zum Schwimmbad, dann ein Drehkreuz und befand mich vor der Kasse, wo ein übergewichtiger Kassierer saß, der ein kleines Radio in Händen hielt, das er nicht leiser drehte. Ich verlangte eine Eintrittskarte. Wie haben Sie es denn hierher geschafft?, fragte mich der Kassierer, als er das Geld nahm, das ich ihm hinstreckte, seit drei Tagen haben wir niemanden gesehen. Ich antwortete, dass ich zu Fuß gekommen sei, und betrachtete das verlassene Becken unterhalb der Kasse. Ich hatte nicht die geringste Absicht gehabt zu schwimmen, sagte mir aber plötzlich, wenn ich trotz meines Schnupfens schwämme und trotz der Langeweile, die mich unverzüglich beim Schwimmen überkommt, hätte ich das ganze Becken für mich allein, bloß dass ich natürlich keine Badehose in meiner Tasche hatte, nur Unterwäsche und ein Wechselhemd, das ich nach meiner Dusche im Gasthof hatte anziehen wollen. Keine Shorts im Becken, klar?, sagte der Kassierer, als er einen Kleiderbügel auf die Theke legte, und wandte seine Aufmerksamkeit wieder dem Radio zu. Ich hörte, dass man in den nächsten Tagen mit einem neuen *Schnee-Intermezzo* rechnen müsse, woraufhin ich erklärte, ich hätte meine Badehose vergessen. Verstehen Sie, sagte ich, ich hätte ungern den ganzen Weg durch den Schnee umsonst gemacht. Der Kassierer musterte mich einen Augenblick eingehend, dann stand er schwerfällig auf und kam mit einer Plastikwanne voller Badesachen, Schwimmbrillen und Badekappen zurück, bedienen Sie sich, sagte er mir, es würde mich wundern, wenn die heute jemand zurückhaben will. Ich nahm eine gestreifte Badehose, dankte ihm, ging runter, um mich umzuziehen, stopfte meine Sachen in einen Spind und betrat die Schwimmhalle, wo ich einen gänzlich glatzköpfigen und sitzenden Bademeister antraf, der, als ich an ihm vorüberging, den Blick von seinem Kreuzworträtsel hob, um mich darauf hinzuweisen, dass ich nicht geduscht hatte. Ich kehrte also zu den Duschen zurück, duschte, wobei ich merkte, dass ich auch kein Handtuch dabei hatte, kam in die Schwimmhalle zurück und wieder an dem Bademeister vorbei, der mich keines Blickes würdigte, wandte mich dem Schwimmerbecken zu und sprang hinein. Ich schwamm mehrere Bahnen und wechselte dabei zwischen Rückenkraulen und Brustschwimmen, gehemmt von der Anwesenheit dieses Bademeisters, der nur mich zu beaufsichtigen hatte und der außerdem von einem Typen, der die Anstrengung unternommen hatte, bei solch einem Wetter ins Schwimmbad zu gehen, bestimmt ein gewisses Schwimmniveau erwartete, nun bin ich aber ein mittelmäßiger Schwimmer, wie er rasch festgestellt haben dürfte, trotz meines anfänglichen, ziemlich korrekten Kopfsprungs. Das

Wasser war kalt, ein Gefühl, das noch verstärkt wurde vom Anblick der Schneefläche, die durch rautenförmige, bis zum Boden reichende Scheiben zu sehen war, die ein bisschen an die Pyramide im Hof des Louvre erinnerten. Weiter hinten sah man auch die erleuchteten Fenster in den oberen Stockwerken des Gefängnisses, und selbst wenn man die Gefangenen nicht sah, so konnten die Gefangenen, deren Zellen zum Schwimmbad hin gelegen waren, doch wahrscheinlich dessen Inneres erkennen, zumindest mit einem guten Fernglas, wenn sie denn Ferngläser haben durften, genau wie diejenigen, deren Zellen auf der entgegengesetzten Seite zur Irrenanstalt hin gelegen waren, wahrscheinlich die Insassen der Irrenanstalt erkennen konnten. Mir fiel wieder ein, dass dieses Gefängnis, eingeweiht in dem Jahr, in dem ich die Gegend verlassen hatte, im ersten Monat seiner Existenz nur einen einzigen Gefangenen aufgenommen hatte, einen dreifachen Mörder. Infolge eines Verwaltungsschnitzers war das gerade erst errichtete Gefängnis ganz einfach aus der EDV der Justiz gelöscht worden, sodass es während dieses Zeitraums von einem Monat nicht den geringsten Gefangenen eintreffen sah, mit Ausnahme des dreifachen Mörders, der es folglich mit seiner gesamten

Wärterbelegschaft ganz für sich gehabt hatte. Ich schwamm weiter, während ich an unsere Schwester Margrete dachte, die, das wusste ich, ebenfalls in dieses Schwimmbad zum Schwimmen gekommen war, in Begleitung anderer Insassen der Irrenanstalt, in der unser Bruder Harald sie vorübergehend hatte aufnehmen lassen, vier Jahre zuvor und in meiner Abwesenheit mit Beihilfe des Direktors, den er persönlich kannte. Wegen seiner persönlichen Beziehungen zum Direktor der Irrenanstalt hatte unser Bruder Harald sich nicht mit einem vorschriftsmäßigen Einweisungsverfahren belastet, genauso wenig wie mit einer Einwilligungserklärung unserer Schwester Margrete, die indessen, wie ich ebenfalls erfahren hatte, keinerlei Schwierigkeit gemacht hatte, als sie in diese Irrenanstalt verbracht wurde, deren Nähe zum Schwimmbad den weniger Gefährlichen unter den Geisteskranken die Möglichkeit bot, schwimmen zu gehen. Es ist möglich, dass unsere Schwester Margrete durch ihre Einwilligung, in die Irrenanstalt zu gehen, uns allen die Irrenanstalt erspart hat, sagte ich mir, genau wie das Scheitern unseres Bruders Odd uns allen das Scheitern erspart hat. Ich hatte erfahren, dass unsere Schwester Margrete eines Tages gesagt hatte, dass die Betonstaudämme, die ich errichtete, all unsere Tränen zurückhielten. Während ich schwamm, stellte ich mir also Margrete vor, schwimmend wie ich in diesem Becken, mit ihrer Badekappe auf dem Kopf, mit ihren sicherlich durch die Medikamente verlangsamten Bewegungen, und das Herumspritzen und andere Streiche ihrer Anstaltsgenossen. Ich mochte ungefähr zwanzig Bahnen geschwommen sein, als der Bademeister kam, um mir mitzuteilen, dass das Schwimmbad schlösse, und als ich mich an den Rand klammerte, fügte er hinzu, ich hätte sehr rote Augen und das nächste Mal täte ich gut daran, auch an eine Schwimmbrille zu denken. In dem Moment, da ich das Wasser verließ, verspürte ich ein seltsames Gefühl, nicht richtig ein Schwindel, eher eine Schwerelosigkeit verbunden mit einem leichten Stechen in Nacken und Schultern, und ich fragte mich, ob ich nicht auf den Fliesen ohnmächtig werden würde. Ich ging langsam auf die verglaste Kabine zu, in deren Innerem sich jetzt der Bademeister befand, und unfähig, noch einen Schritt weiter zu gehen, unfähig, unsere Schwester Margrete mit ihrer Badekappe aus dem Kopf zu bekommen, setzte ich mich in den Sessel, in dem er gesessen hatte, und umklammerte das Plastik der Armlehnen. Kurz danach spürte ich, wie er sich über mich beugte, und ich hörte ihn fragen, ob alles in Ordnung sei, ich antwortete ja, woraufhin ich sah, wie er ein Stück Schokolade aus einem Papier wickelte und mir in den Mund steckte, ich kaute langsam, dem Erbrechen nahe. Ich sagte, ich würde mich besser fühlen, und verlangte mit klappernden Zähnen nach einem Glas Wasser, das er mir brachte zusammen mit einem Handtuch, mit dem er sich daranmachte, mir den Kopf abzurubbeln, dann den Rücken, und als er in der Hocke saß, um mir die Beine abzurubbeln, fragte ich ihn, wie lange er schon Bademeister in diesem Schwimmbad sei, denn ich dachte, er hätte hier unsere Schwester Margrete beaufsichtigt haben und sie hübsch finden können, ohne zu ahnen, dass sie aus der Irrenanstalt kam, da Margretes Irrsinn auf den ersten Blick nicht zu erkennen war. Aber er war erst vor Kurzem als Vertretung gekommen, tatsächlich sei, ließ er mich wissen, ein Bademeistermangel zu beklagen. Danach hieß er mich aufstehen, ging, nachdem er festgestellt hatte, dass ich mich auf den Beinen halten konnte, ein trockenes Handtuch holen und bestand darauf, mich zu den Duschen zu begleiten, wozu ihn, wie er sagte, sein Verantwortungsgefühl als Bademeister angesichts meines Schwächeanfalls verpflichtete. Die Dusche wärmte mich vollends wieder auf, ich dankte ihm, zog mich an und traf ihn oben, am Ausgang angelangt, wieder, ebenfalls angezogen, weshalb ich ihn nicht sofort erkannte. Er bot mir an, mit dem Kassierer und ihm in den Ort zurückzufahren im Minibus der Gemeinde, eher ein umgebauter Lieferwagen, der draußen wartete und von einem Mann gefahren wurde, dem praktisch alle Zähne fehlten und über den mich der Kassierer, als wir saßen, informierte, er sei stumm. Draußen schien die Landschaft unter hart gewordenem Schnee wie erstarrt. Als wir uns im Hof des Rathauses trennten und uns die Hand schüttelten, wusste ich, dass ich im Leben weder diesen Kassierer noch diesen Bademeister wiedersehen würde, auch wenn ich sie das Gegenteil glauben ließ. Es blieb mir nur noch wenig Zeit bis zu meiner Verabredung mit dem Traktor vor der Kirche, und ich besorgte noch Zigaretten und Kleenex in der Bar, die von einer kleinen Dame geführt wurde, deren Schultern gerade eben bis zur Theke reichten, und von dort ging ich zum Lebensmittelgeschäft, wo ich, hungrig vom Schwimmen, ein ganzes Huhn und vakuumverpackte geschälte Kartoffeln kaufte.

Der Traktorfahrer war da, als ich zur Kirche kam, und er hatte offensichtlich getrunken, schlimmstenfalls wird der Traktor gemächlich in den Graben kippen, sagte ich mir, als ich die Hände des Bauern auf dem Lenkrad vibrieren sah, während wir den Ort verließen und durch die Felder fuhren. Unmöglich, ein Wort zu wechseln, ohne zu brüllen. Der Traktor nahm die gesamte Breite der Landstraße ein und wich auch nicht aus, als uns ein kleiner hellblauer Citroën entgegenkam, der am Straßenrand stehen blieb, um uns vorbeizulassen. Ich sah ihn im Außenspiegel wie ein Spielzeugauto davonfahren, im Spiegel konnte ich auch den großen gewellten Hinterreifen des Traktors sehen, der ohne Mucken über den Schnee rollte. Bei dieser Geschwindigkeit zieht die Landschaft nicht vorüber, aber es gab eigentlich keine Landschaft, auch keinen Horizont, nichts als eine gräuliche Weite, die sich unter einem dichten gräulichen Himmel verdüsterte. Mein Telefon klingelte, es war schon wieder Adina, aber es kam natürlich nicht in Frage, unter diesen Lärmbedingungen mit ihr zu sprechen oder ihr zu erklären, dass ich in einem Traktor fuhr. Ich steckte das Telefon wieder in die Tasche, im Kopf das Bild eines monegassischen Himmels, blau und klar, wie ihn meine beiden Schwestern von der Terrasse ihrer Maisonettewohnung aus sehen mussten und um den ich sie plötzlich beinahe beneidete. In Monaco – ein Ort, an dem zu leben mir allerdings unvorstellbar war – werden sie jetzt wohl auf dieser Terrasse Cocktailempfänge geben, sagte ich mir, und die monegassische Prominenz empfangen, Tennisspieler, Rennfahrer usw., denen sie ihren Schmuck verkaufen, denn ich zweifle nicht daran, dass unsere Schwestern gefährliche Händlerinnen geworden sind, die wahrscheinlich nur noch Kostüm tragen anstelle ihrer alten Röcke. Und doch hatten sie den Schweizer in eben diesen alten Röcken getroffen und gegen jede Erwartung in ihre Netze gelockt, dem, wie wir inzwischen wissen, eines Morgens dreißig Meter vor unserem Haus unverhofft das Benzin ausgegangen war. Dorthéa jätete gerade im Gemüsegarten, und so war sie es, die als Erste den Schweizer *erblickte* und sofort dafür sorgte, ihn ins Haus zu bekommen, wo dann Adina nur noch die Sache in die Hand zu nehmen brauchte. Der Schweizer mag zwar internationalen Stahlhandel betreiben, aber unserer Schwester Adina hatte er offenkundig nichts entgegenzusetzen, wonach auch der Lothringer, wir wissen nicht wie, ins Rennen kam, den Dorthéa gleich im Anschluss ins

Haus schleppte und auf ein Kissen in der Bibliothek verfrachtete. Die Hochzeit unserer Schwestern bedeutete indes nicht nur ihren Weggang aus dem Haus, sondern natürlich die Einweisung von Margrete, was ich nicht sofort begriff, anders als unser Bruder Harald und auch der Schweizer, der sich zwar irgendwann mit der Vorstellung abgefunden hatte, mit Dorthéa und ihrem lothringischen Ehemann zusammenzuleben – das läuft so oder gar nicht (Adina) –, sich aber ganz gewiss nicht obendrein noch mit einer Verrückten belasten wollte, worüber er sich sofort mit Harald verständigte. Wirtschaftsanwälte und Wirtschaftskapitäne verständigen sich über praktisch alles, und unser Bruder Harald und der Schweizer machten in der Margretenfrage keine Ausnahme. Der Traktor war vielleicht drei oder vier Kilometer gefahren, als ein Schild auf der rechten Seite einen Weiler anzeigte, und beim Lesen dieses Schildes ist mir plötzlich das Haus der vier von uns sogenannten Lunel-Schwestern eingefallen, das sich, soweit ich mich erinnere, in dieser Richtung befand, hinter einem Wald, den ich als dunkle Masse vor mir sah. Jeden Sommer fuhr ich mit meinen Geschwistern auf dem Fahrrad an diesem Haus vorbei, das wie ein kleines Schloss anmutete, an einer Hauswand vom Fluss umspült. Von der Brücke aus, auf der wir damals anhielten und uns so gut es ging verbargen, hörten wir Lachen, ein Klavier, wir sahen perfekt gestutzte Buchsbaumhecken, gedeckte Tische auf dem Kies, Liegestühle am Flussufer mit Menschen, die unter den Bäumen lasen, und über den Rasen rennende Gestalten, die vier Lunel-Schwestern, die dort den Sommer verbrachten. Wenn ich mir von diesen vier Lunel-Schwestern heute noch ein stilisiertes unscharfes Bild bewahrt habe, durch das sie weiß gekleidet und mit Blumen bekränzt rennen, dann nicht nur, weil sie in dieser Umgebung das genaue Gegenteil von mir und meinen Geschwistern darstellten, sondern vor allem weil uns dieses unbekannte, unerreichbare Universum mit seinem unglaublich harmonischen Schauspiel mächtig an die Nieren ging. Ich sah wieder den auf den Garten gerichteten fassungslosen Blick von Dorthéa mit ihrem dicken Korkenzieherzopf auf dem Rücken, Adinas lange Nase, ihre abgenagten Fingernägel auf den Brückensteinen, uns alle in erschüttertem Schweigen. Und ich spürte erneut das bedrückende Klima und die ständige Drohung eines unmittelbar bevorstehenden Zusammenbruchs, die gemessen daran in unserem eigenen Haus herrschten, ein Klima und eine Drohung, die wir als normal empfunden hatten bis zur Entdeckung dieses Gartens und dieser vier Mädchen, die uns auf einem Weg unendlicher und fantastischer Möglichkeiten zu wandeln schienen. Später erfuhren wir, dass zwei von ihnen tatsächlich Musikerinnen geworden waren, ich hatte sogar eines Abends eine von ihnen bei einem Konzert in der National Concert Hall in Dublin gehört, sie aber natürlich nicht angesprochen. Der Traktor hielt mitten auf der Straße, der Bauer stellte den Motor ab und verkündete, er werde einen Moment aussteigen. Ich stieg mit ihm aus. Ich sehe den Rauch aus Ihren Schornsteinen, wenn ich pflüge, erzählte er mir, während wir am Feldrand unsere Hosenschlitze aufknöpften, sogar im Sommer machen Sie Feuer, möchte man meinen. Ich fragte ihn, ob er wisse, wer jetzt im Haus der vier Lunel-Schwestern wohne, dort, hinter dem Wald. Es waren immer nur drei, sagte er, und zwei sind vor bestimmt fünfzehn Jahren bei einem Zugunfall in Sibirien umgekommen, die liegen auf dem Friedhof hinter meinem Hof. Den Friedhof kennen Sie ja, natürlich. Allerdings, sagte ich. Das Haus wurde verkauft, erklärte der Bauer, jetzt wohnt eine alte Frau darin. Eine Witwe, die das Haus praktisch nie verlässt. Wir stiegen wieder in den Traktor, und bevor er losfuhr fügte der Bauer hinzu, dass seine eigenen Töchter früher zum Spielen bei den Lunels gewesen seien, dass aber meistens die drei Lunel-Schwestern zu ihnen auf den Hof gekommen seien, sie liebten den Bauernhof, sagte er, den Traktor und das alles, sie behaupteten, zu Hause sei ihnen alles verboten bis auf das Klavierspiel, und sie würden sich den ganzen Sommer über langweilen. Manchmal habe er sie zum Angeln mitgenommen. Heute seien seine eigenen Töchter in Paris, eine habe ihre Pâtisserie in Arcueil, die andere sei Juristin in La Défense, weder die eine noch die andere komme noch her, und er fahre nicht nach Paris, so ist das halt. Auf dem Land muss man damit klarkommen, allein zu sein, schloss er, aber das brauche ich Ihnen ja wohl nicht zu erklären. Ich ließ ihn seinen Motor starten und verzichtete darauf, ihn über seinen Irrtum bezüglich meiner Identität aufzuklären, wenigstens hatte er keine Feindseligkeit gezeigt, anders als die Wirtin und das Paar im Gasthof, und er würde mir wahrscheinlich weder über Odd noch über den Ort, an den dieser gegangen sein mochte, irgendetwas sagen können. Wenn Odd überhaupt irgendwohin gegangen war, was ich hartnäckig glauben wollte, obwohl ich offen gestanden mehr oder weniger damit gerechnet hatte, ihn tot in einem

Zimmer des Hauses oder der Nebengebäude zu finden, und ich hatte mich noch während der Traktorfahrt dabei ertappt, immer wieder Blicke in den Straßengraben zu werfen. Wir waren bald angekommen, und ich hörte nicht auf, an das zu denken, was der Bauer über die vier Lunel-Schwestern gesagt hatte, die also nur drei gewesen waren, und daran, wie wir uns als Kinder getäuscht hatten in unserer faszinierten Interpretation ihres Lebens, aus dem wir uns von vornherein ausgeschlossen hatten, über uns selbst beschämt und außerstande, ihnen von unserem Beobachtungsposten auf der Brücke aus auch nur ein einziges Zeichen zu geben. Gewiss hätten sie, nach dem, was der Bauer gerade erzählt hatte, auf dieses Zeichen reagiert, und die Dinge hätten für uns womöglich eine ganz andere Wendung genommen, sagte ich mir, und jetzt sind zwei tot. Aber uns kam damals nicht einmal der Gedanke an einen möglichen Kontakt mit irgendwem, noch weniger an eine mögliche Freundschaft. Soweit ich weiß, hat unser Bruder Odd niemals einen Freund gehabt, genauso wenig wie ich in Wirklichkeit oder natürlich unsere Schwester Margrete, und ich glaube sagen zu können, dass weder Adina noch Dorthéa Freunde gehabt haben, jedenfalls nicht vor ihrer Ehe. Margrete hatte ihre

Hefte und später ihre Psychiater, Odd hatte seine Chimären und seine Niederlagen, Adina und Dorthéa hatten einander. Bei Harald weiß ich es nicht genau, unser Bruder Harald hat seine Teilhaber. Ansonsten weist alles darauf hin, dass Harald radikal mit allem gebrochen hat, was ihn an unsere Familie und die Existenz dieses Hauses erinnern könnte, das seinetwegen gern bis auf die Grundmauern einstürzen könnte mit Odd darin, wie ich von seiner Frau weiß, mit der ich mich regelmäßig in einer Brasserie in Montparnasse treffe. Zufälligerweise leidet Haralds Frau wie ich an Schlafstörungen, sodass wir uns in dieser Brasserie in Montparnasse, in der wir uns treffen, über unsere Schlafstörungen austauschen, und selbst wenn von etwas anderem die Rede ist, ist doch immer von unserer Schlaflosigkeit die Rede. Wobei wir eigentlich nicht wahnsinnig viel reden, Haralds Frau und ich, was uns nicht daran hindert, ganze Nachmittage lang nebeneinander in dieser Brasserie in Montparnasse zu sitzen. Es scheint übrigens, als hätte ich allgemein immer weniger zu sagen, je mehr die Zeit vergeht, obwohl mir natürlich fast immer irgendetwas einfällt. Und wenn ich all die Leute um mich herum höre, wie sie endlose Monologe, Dialoge ohne Sinn und Verstand, aberwitzige Reden von sich geben, stelle ich fest, dass in Wirklichkeit auch sie rein gar nichts zu sagen haben, und trotzdem redet alle Welt, so ist das nun mal. Dennoch würde ich viel dafür geben, etwas zu sagen zu haben, ebenso wie ich viel dafür geben würde, einen Gedanken zu haben, der diese Bezeichnung verdient, keine Meinung, erst recht keine Überzeugung, einfach nur einen Gedanken, etwas wie einen kräftigen Faden, der irgendwohin führt. Der Traktor fuhr langsamer, und als ich in der Dämmerung das Anwesen auftauchen sah, sagte ich mir, dass es verrückt gewesen war, zum Haus zurückzukehren, dass ich mich besser am Bahnhof hätte absetzen lassen sollen, einen Zug nach Paris nehmen und mein Auto stehen lassen. Zurück in meiner Wohnung in Paris, hätte ich nicht diese Aussicht auf absolute nächtliche Stille gehabt. Dort kann ich jederzeit aufstehen und mich ans Fenster stellen, wo sich zu jeder Nachtstunde etwas bewegt, und sei es nur ein vorbeifahrender Fahrradfahrer, oder ich kann wenigstens das Licht der Straßenlaternen auf dem Bürgersteig betrachten und wissen, dass Haralds Frau im selben Moment wie ich an einem Fenster ihres Wohnzimmers steht, weil wir uns beide, sie und ich, geschworen haben, auf Barbiturate zu verzichten. Selbst der Hof, auf den mein Pariser Schlafzimmer geht, ist belebter, sagte ich mir, mit den Katzen, die ich von einer Mülltonne zur anderen springen höre, und gegenüber die ständig erleuchtete Dachluke in der obersten Etage, wo dieser ziemlich alte Mann wohnt, den ich tagsüber regelmäßig mit Krawatte, aber in einem groben Mantel, die Straße überqueren sehe, mit einer ganzen Menge an Plastiktüten, die mit dem gefüllt sind, was er am Ende des Marktes aufgesammelt hat, ein Schriftsteller und Mitglied der Académie française, hat mir meine Hausmeisterin versichert, und sie hat dabei einen Namen genannt, der mir in der Tat nicht unbekannt ist. Wie dem auch sei, ich bin diesem Akademiemitglied dankbar für seine Dachluke, die nie dunkel wird, unter der er, wie ich mir vorstelle, hartnäckig weiterschreibt, und mir scheint, dass ich es mir dank ihm in manchen Nächten erlauben kann, schlaflos zu sein. Der Traktor hielt an. Diesmal stellte der Bauer den Motor nicht ab, weshalb ich ihm mit einem Händedruck dankte und ausstieg, dabei meine Tasche vergaß, die er mir, nachdem er mich angeblinkt hatte, durch sein Fenster reichte, als ich schon die Straße überqueren wollte. Ich ging die Straße ein paar Meter entlang, sah den Traktor davonfahren und schließlich hinter der Kurve verschwinden und bog nach links in Richtung Haus ab, das sich bald als finstere Masse in der Dämmerung abhob. Ich ging direkt in die Küche, wo ich das Huhn in die Röhre schob und zwei Doregrippin schluckte, dann machte ich in der Bibliothek Feuer, und als ich mit meinem Parka über der Schulter und der Mütze auf dem Kopf auf dem Sofa saß, rief ich meine Schwester Adina an, die mich sofort fragte, wo ich sei. Zu Hause, antwortete ich, ohne nachzudenken, während ich feststellte, dass sie erkältet klang. Ich fügte hinzu, dass ich dort seit drei Tagen festsäße und dass Odd tatsächlich verschwunden sei. Du klingst erkältet, sagte ich. Adina antwortete, in Monaco haben alle Grippe, und was ist in Odd gefahren, wir haben ihm ständig Schecks geschickt, sagte sie. Ich sagte, es sei nicht sicher, ob es eine Frage des Geldes sei. Das Haus ist düster, merkte ich an, worauf Adina antwortete, dass das Haus immer düster gewesen sei, was Odd nicht daran gehindert habe, dort bleiben zu wollen. Das ist ja das Problem, sagte ich und hörte Dorthéas schrille Stimme im Hintergrund. Adina erklärte, sie müssten sich wahrscheinlich darauf einstellen, Odd bei sich auftauchen zu sehen, worauf ich antwortete, dass es mich erstaunen würde, wenn er das in Betracht gezogen habe, ich meine Monaco, ich kann mir überhaupt nicht vorstellen, wie Odd Monaco in Betracht zieht, sagte ich. Ich stand auf und sah in der Küche nach dem Huhn, angenehm überrascht, es riechen zu können. Adina fragte mich, was ich vorhätte. Nichts, habe ich gesagt. Sobald ich fahren kann, verschwinde ich. Und bevor wir auflegten, fragte ich sie, ob sie sich an das Haus der vier Lunel-Schwestern erinnere, ja, sie erinnere sich dunkel. Ich erklärte ihr, dass es in Wahrheit immer nur drei gewesen seien, worauf Adina antwortete, das sei schon möglich. Ich machte die Kartoffeln warm, holte das Huhn aus dem Ofen, vielleicht etwas zu früh, öffnete eine Flasche Wein und stellte das alles auf ein Tablett, das ich in die Bibliothek trug. Ich aß vor dem Fernseher ohne Ton, hatte das Gefühl, taub zu sein, und sah einem Comiczeichner zu, bärtig und mit Rollkragenpullover, um die fünfzig, der mal über seine Blätter gebeugt zeichnete, mal mit einem Stock, von einem weißen Hund begleitet, über die Almen wanderte, deren Vorzüge er zu rühmen schien, indem er mit seinem Stock in alle Richtungen wies. Auf einem anderen Sender war eine Frau im selben Alter zu sehen, mit dem rotgelockten Haar der Psychoanalytikerin, die unter einer erbarmungslosen Beleuchtung saß und sprach, hinter ihr Regale voller Bücher, von denen ich, den Kopf neigend, einige Titel zu entziffern versuchte, woraufhin ich das Tablett auf den Teppich stellte, und dort unter den Sofafransen zwei DVDs entdeckte, einen Melville, den ich auswendig kannte, und den Film *Ein Gespenst auf Freiersfüßen* mit Gene Tierney und Rex Harrison, den zweiten Film schob ich in den Player und rechnete mir Chancen aus, wenigstens Untertitel lesen zu können, und obwohl es sich um eine springende und bei den ersten Szenen unscharfe Kopie handelte, konnte ich mich nicht mehr losreißen.

Der Schnee war am nächsten Tag immer noch da, aber er begann langsam zu schmelzen, rutschte in Placken vom Dach des Hauses, und man hörte jetzt gelegentlich ein Auto auf der Straße vorbeifahren. In der Nacht hatte ich zwischen zwei schlaflosen Phasen von Hélène geträumt, die ich durch eine Straße in Paris hatte laufen sehen – in Begleitung eines kleinen schwächlichen und hüpfenden Greises, der an Offenbach erinnerte – und die, wie ich verstanden hatte, jetzt schwanger war. Aber beim Erwachen keine Spur mehr von meinem Schnupfen. Ich hatte meine in der Bibliothek verstreuten Sachen eingesammelt und in meine Tasche gepackt, ich hatte die Bücher in die Regale zurückgestellt, die Asche im Kamin zusammengefegt, das Federbett und das Kopfkissen nach oben gebracht, Parka und Mütze an ihren Kleiderhaken gehängt, ich hatte die Küche aufgeräumt und war zurückgekommen, um die Müllsäcke auf die Außentreppe zu stellen, dann hatte ich weggekratzt, was an Schnee noch auf meinem Auto lag, überprüft, dass es startete, und den Motor einen Moment laufen lassen. Daraufhin schloss ich die Läden überall im Erdgeschoss außer in der Bibliothek, kehrte in die Küche zurück, wo ich sah, dass ich meine Zahnbürste vergessen hatte, schaltete den Strom ab und ging erneut in die Bibliothek, aber anstatt dort die Läden zu schließen, wie ich vorgehabt hatte, setzte ich mich auf das Sofa, die Autoschlüssel in der Hand. Ich hatte jede Spur meines Aufenthalts im Haus beseitigt, und der Schnee würde weiter schmelzen und die Abdrücke meiner Schritte und meines Autos beseitigen, oder sie, falls er erneut fallen würde, überdecken, denn so oder so gibt es nichts, was die Natur nicht in Rekordzeit beseitigt, sodass Odd, wenn er zurückkehrte, nicht wissen würde, dass ich gekommen war. Jetzt, wo du fertig bist, steh von diesem Sofa auf und hau ab, sagte ich mir, aber Tatsache war, dass ich mich nicht rührte und die Zeit verging. Odd kann zwar verschwinden, dachte ich mir, aber wohin er auch geht, er wird immer dieses Haus mit sich herumschleppen, was er auch tut, er wird immer in diesem alten gelben Samtsessel sitzen mit diesem Haus am Hals. Aber ich wollte nicht mehr über das Verschwinden meines Bruders spekulieren. Mir fiel auf, dass ich seine gefütterten Halbstiefel noch anhatte, ich beschloss, sie zu behalten, und fragte mich, ob ich ihm deswegen eine Nachricht hinterlassen sollte, dann stellte ich mir vor, wie er zurückkommt und in dem leeren Haus diese Nachricht liest.

Schließlich schüttelte ich die Sofakissen auf, ich schloss die Läden, sperrte die Tür der Halle ab und legte den Hausschlüssel an die übliche Stelle, ich ging zum Tor, um die Müllsäcke in die Mülltonne zu werfen, dann stieg ich mit meiner Tasche in mein Auto und fuhr in Richtung Autobahn. Bevor ich diese erreichen würde, hatte ich ungefähr zwanzig Kilometer Landstraße zurückzulegen, mit einem Mal war recht schönes Wetter, sodass mir alles nicht mehr ganz so trostlos erschien, aber es war eine Tatsache, dass ich jetzt dieses Ziel hatte, die Autobahn zu erreichen, übrigens fuhr ich zu schnell, vorbei an abgelegenen Bauernhöfen in einiger Entfernung, und ich begegnete niemandem. Am Eingang zu einem Weiler fuhr ich langsamer, ein paar Scheunen, ein paar Häuser, und danach macht die Straße eine Biegung, hinter der ich auf eine Brücke kam, die ich wiedererkannte und auf der ich anhielt. Unterhalb dieser Brücke sah ich jetzt den Fluss und das Haus der Lunel-Schwestern, unverändert, mit denselben, jetzt schneebedeckten Buchsbaumhecken. Ich stieg aus dem Auto, ging auf der linken Seite der Brücke weiter und stieß eine schwarze Metalltür auf, hinter der Steinstufen in den Garten hinunterführten. Von Nahem schien er mir deutlich weniger gepflegt als in meiner Erinnerung. Ich näherte mich langsam dem Haus und sah eine ziemlich alte Frau in einer riesigen dunklen Küche sitzen, in der alles unter einer Fettschicht erstarrt schien. Ich klopfte an die Scheibe, aber die Frau, die sich über einen Tisch voller Papiere beugte und deren weißes Haar als heller Fleck im Raum schwebte, reagierte nicht gleich, weshalb ich einen Moment wartete, bevor sie den Kopf hob, ich lächelte und winkte, um sie zu beruhigen, aber sie schien nicht im Geringsten besorgt, stand auf, und kurz danach öffnete sich die Tür zu einem Vestibül mit düsterer Holzvertäfelung, die sich in der Tiefe verlor. Adèle ist heute Morgen gegangen, sagte mir die Frau unvermittelt und schloss die Tür hinter mir, ich muss mich der Tatsache stellen, dass ich mich gänzlich in ihr getäuscht habe. Ich teilte ihr daraufhin mit, dass ich die Person, von der sie redete, nicht kannte, dass ich auf der Durchreise nur kurz angehalten hätte an dem Haus, das ich gekannt hätte, früher mal, zur Zeit der Familie Lunel, präzisierte ich. Die Lunels, natürlich, sagte die Frau, die sind jetzt alle auf dem Friedhof. Sie sah mich aufmerksamer an. Ich dachte, Sie seien der Verlobte von Adèle, sagte sie, denn selbstverständlich muss sie irgendwo einen Verlobten haben, auch wenn sie mir an dem Tag, als ich sie eingestellt habe, das Gegenteil versichert hat. Nicht, dass sie wirklich hübsch wäre, fügte sie hinzu, aber angenehm anzusehen, das ist eine Tatsache, und ruhige Bewegungen, mit solchen Bewegungen, habe ich ihr an dem Tag gesagt, als sie sich hier vorgestellt hat, werden Sie nichts zerschlagen, obwohl es hier nicht viel zu zerschlagen gibt, sagte mir die Frau, alles was es hier zu zerschlagen gab, habe ich selbst zerschlagen, ich bin von schrecklicher Nervosität, alles geht mir auf die Nerven. Ich verstehe, sagte ich. Ich war fasziniert von ihren sehr grauen Augen, die sie übrigens leicht geschminkt hatte. Da Sie nun einmal da sind, möchten Sie vielleicht etwas trinken, fragte sie mich, ich war im Begriff, mir eine heiße Schokolade zu machen. Warum nicht, sagte ich nach kurzem Zögern, und sie führte mich in die Küche, bat mich, auf einem der stoffbezogenen hohen Lehnstühle, die um den Tisch standen, Platz zu nehmen, und setzte Milch auf. Adèle Chemin, sagte sie, ein reizender Name, nicht wahr. Aber ich habe kaum je den Klang ihrer Stimme vernommen, fügte sie hinzu. Abgesehen von diesem düsteren Gedicht, das sie mir plötzlich mitten in unserer Unterhaltung am Tag ihrer Ankunft aufsagte, hat Adèle den ganzen Monat, den sie hier mit mir verbracht hat, praktisch nichts gesagt.

Und heute Morgen, da steigt sie mit ihrem Koffer einfach in den ersten Bus. Wohlgemerkt, ich habe sie nie gebeten, das Geringste zu kochen, sagte die Frau noch, im Übrigen auch nicht das Geringste zu putzen, hier werden Sie, das habe ich sofort klargestellt, weder putzen noch kochen müssen, im Übrigen koche ich selbst nicht, selbst zu Lebzeiten meines Mannes habe ich nicht gekocht, sagte mir die Frau, wir begnügten uns damit, Nahrungsmittel in den Kühlschrank zu stopfen und sie unverarbeitet zu essen. Sehr viel Quark, für die Knochen. Und das Brot, das der Bäcker jeden Morgen vor die Tür legt. Sie sollen hier bloß den Raum ausfüllen, habe ich Adèle also am Tag, als sie sich vorgestellt hat, gesagt, ich möchte hören, wie Sie die Treppen hinaufsteigen und hinunterrennen, so oft es Ihnen gefällt, wie Sie trällern, pfeifen, Wasser laufen lassen und gelegentlich ein paar Türen schlagen. Im Rahmen des Vernünftigen, selbstverständlich. Und natürlich Konversation. Die Konversation wird Ihre Entlohnung im Wesentlichen rechtfertigen. Den Raum ausfüllen, sagte die Frau und stellte die Milch auf den Tisch, das war es, was ich von dieser Adèle Chemin erwartet habe. Allein den Raum auszufüllen, erklärte sie und schob eine Dose Ovomaltine in meine Richtung, dazu bin ich völlig außerstande, hier ist alles zu groß. Und so still. Mein Mann, der suchte die Stille, sagte sie und goss sich Milch in ihre Tasse. Einsamkeit und Stille, die einzig mögliche Art zu leben, behauptete er, deshalb haben wir dieses Haus gekauft. Aber es ist doch ein schönes Haus, erklärte ich und sah mich um. Sie bewundern die Webarbeiten, sagte die Frau, all die Webarbeiten sind von meinem Mann, jeder Stuhl, stundenlange Arbeit. Er betrieb es als Hobby, das Weben. Das Weben ermöglicht es, wie mein Mann behauptete, an nichts zu denken. An nichts denken, haben Sie diesen Versuch zufällig schon einmal gewagt?, fragte sie mich, zweifellos das Unmöglichste, was es gibt. Ich lehnte den Zucker ab, den sie mir anbot, und wir tranken unsere Schokolade. An dem Tag, als sie sich hier vorgestellt hat, fuhr die Frau fort, hat Adèle zu allem ja gesagt, sie hat sich sogar alle möglichen Notizen in ihrem Heft gemacht. Aber sie ist gegangen, ohne das Heft mitzunehmen, und sehen Sie sich das an, sagte sie und hielt mir ein grünes Heft hin, das sie aus dem Stapel gezogen hatte, es ist leer. Ich stellte fest, dass in dem Heft tatsächlich nichts stand, und gab es ihr zurück. Wie soll man das erklären, fragte sie, und wie soll man erklären, dass ich mich derart in ihr habe täuschen können, in dieser Kleinen. In der Anzeige, die ich aufgegeben habe, habe ich von allen Bewerberinnen ausführliche Bewerbungen verlangt, woraufhin Hunderte von Bewerbungsmappen eingetroffen sind, sagte sie und legte die Hand auf den Stapel, sehen Sie diesen ganzen Packen von Bewerbungsmappen, die ich bekommen habe und die ich im Einzelnen habe prüfen müssen. Die von Adèle Chemin stach unbestreitbar aus allen heraus. Als Allererstes habe ich ihre Schrift bewundert, ihre kraftvollen Abstriche, ihre spitzen Endungen, ihren satten Tintenstrich. Eine perfekt lesbare Bewerbung, das ist das erste, nicht wahr, das allererste Kriterium, ich hätte niemanden gewollt, der sich hinter seiner Unlesbarkeit verbirgt. Ich muss Ihnen sagen, dass ich wirklich chaotische Handschriften erhalten habe, wirklich gequälte, die mich auf Anhieb erschreckt haben, die ich unverzüglich habe verbrennen müssen. Und plötzlich die ihre. Ich wusste, als ich diese Handschrift gesehen habe, und ohne sie auch nur zu lesen, dass ich da etwas in Händen hielt. Vielleicht sogar die ideale Kandidatin, habe ich mir gesagt. Adèle Chemin, habe ich gesagt und mich an meinen Mann gewandt, denn auch wenn mein Mann jetzt seit vier Jahren tot ist, sagte mir die Frau, wende ich mich weiter an ihn, Adèle Chemin, was für ein hübscher Name! Wäre mein Mann noch am Leben gewesen, so hätte er mich den Namen wahrscheinlich wiederholen lassen, mein Mann ließ mich absolut alles wiederholen, nicht, dass er schlecht verstanden hätte, er verstand ausgezeichnet, aber Tatsache ist, dass er seit Ewigkeiten aufgehört hatte, mir zuzuhören, ich hätte mich ebenso gut an die Vorhänge wenden können. Ich glaube, erklärte sie nach kurzem Schweigen, dass mein Mann schon bei unserer Hochzeitsreise nach Ägypten aufgehört hat, mir zuzuhören. Kennen Sie Ägypten?, fragte sie mich. Ja, sagte ich, ich habe dort mehrere Monate verbracht. Ein Fiasko, diese Hochzeitsreise, fuhr die Frau fort. Jeden Morgen sah ich, wie sich mein Mann in die Gräber der Könige und Königinnen von Ägypten stürzte, aus denen er erst Stunden später wie betäubt und völlig stumm wieder herauskam, oder es war eine Pyramide, in die er sich stürzte, während ich draußen auf ihn wartete, die Klaustrophobie, verstehen Sie, macht es mir unmöglich, den geringsten Hohlraum zu betreten, erst recht eine dieser Totenhöhlen, von denen es in Ägypten wimmelt. Ägypten, das werden Sie zugeben, besteht sozusagen nur aus Totenhöhlen. Mein Mann war sich natürlich darüber im Klaren, dass er eine

Klaustrophobikerin heiratete, trotzdem wählte er für unsere Hochzeitsreise Ägypten, anders gesagt, das schlimmste aller Reiseziele für Klaustrophobiker, aber wie auch immer, ich wäre ihm überallhin gefolgt. Ich fragte die Frau, ob ich mir eine Zigarette anzünden dürfe, woraufhin sie antwortete, sie würde sehr gern eine mitrauchen. Sie habe seit ihrer Zeit als Schauspielerin nicht mehr geraucht, sagte sie mir und vertrieb mit anmutiger Geste den Rauch ihrer Zigarette, aber um auf Adèle Chemin zurückzukommen, die ihr nicht aus dem Kopf ging, müsse ich mir vorstellen, wie sie vor einem Monat hergekommen sei, erklärte die Frau, in einem sonderbaren altmodischen Mantel, im Übrigen nicht schlecht geschnitten, ein Mantel mit großen Karos, über den sie Adèle ein paar Tage nach ihrer Einstellung ausgefragt habe und über den diese ihr schließlich ziemlich widerwillig verraten habe, er habe ihrer Großmutter gehört, dann ihrer Mutter, die es stets abgelehnt habe, den Mantel zu tragen. Aber es war unmöglich, sie im Anschluss dazu zu bringen, über ihre Großmutter zu reden, sagte die Frau, genauso wenig wie über die Gründe, weshalb ihre Mutter es abgelehnt hat, diesen Mantel zu tragen. *Ich* trage diesen Mantel, hat Adèle mir gesagt, als wäre das Thema damit beendet. Und da hatte ich das Gefühl, einem *kühlen Geist* Einlass gewährt zu haben, sagte die Frau. Diese Adèle, fuhr sie fort, hatte im Übrigen eine Menge beeindruckender Diplome vorzuweisen, aber es war genauso unmöglich, von ihr eine Auskunft darüber zu bekommen, warum sie, die in so ziemlich allem diplomiert war, sich für diese Stelle beworben hatte, die natürlich weit unterhalb ihrer intellektuellen Fähigkeiten lag. Gleichwohl, so präzisierte die Frau, schien sie ihr Zimmer im ersten Stock von Anfang an zu schätzen, sie hat mir ein Kompliment für die Vorhänge gemacht, hat die beiden Fenster gemocht und nur angesichts des Teppichbodens das Gesicht verzogen, sie hielt nichts von Teppichböden in Schlafzimmern. Ich habe sie darauf hingewiesen, dass es sich selbstverständlich um einen Teppichboden aus reiner Wolle handele, sagte die Frau, der sich folglich nicht statisch auflade, niemals würde ich einen synthetischen Teppichboden verlegen lassen. Danach hat Adèle darum gebeten, sich einen Moment ausruhen zu dürfen, denn sie sei seit vier Uhr morgens auf den Beinen und vom Bahnhof mit ihrem Koffer bis hierher gelaufen, was in der Tat ein ganz schöner Marsch ist, indes nicht die geringste Spur von Müdigkeit auf ihrem Gesicht, bei jungen Mädchen bleibt die Müdigkeit unsichtbar, nicht wahr? Ich nickte, ohne zu begreifen, warum ich all dem zuhörte, auf jeden Fall hatte ich angefangen zuzuhören, ohne länger ans Weggehen zu denken. Und Sie sind also Schauspielerin gewesen, sagte ich zu der Frau und dachte, dass sie sehr schön gewesen sein musste und es noch war, auf eine gewisse Weise. Hauptsächlich am Theater, sagte die Frau, jahrelang von den größten Regisseuren geleitet. Und plötzlich nichts mehr. Plötzlich unfähig, auf drei Stichwörter zu reagieren, ohne mich zu erbrechen. Ein schrecklicher Drang, mich gleich beim ersten Stichwort zu erbrechen. Gabin, Brasseur, Piccoli, ich habe mich über ihnen allen erbrochen. Nur Robert Hirsch ist verschont geblieben. Bei Robert Hirsch nicht der geringste Anflug von Brechreiz. Robert Hirsch hat mich buchstäblich gezähmt. Bis zu Robert Hirsch dachte ich, ich sei nicht zu zähmen. Also habe ich mich an Robert Hirsch geheftet wie eine Auster an ihren Felsen, ich musste buchstäblich von Robert Hirsch weggerissen werden. Mein Mann, es war mein Mann, dem diese Großtat gelungen ist, mich von Robert Hirsch wegzureißen. Auch er eine Berühmtheit auf seinem Gebiet, ein großer Archäologe, zumindest bis zu seinem Gedächtnisschwund. Mein Mann, sagte sie, wurde von einem rasanten Gedächtnisschwund ergriffen, mitten in Ostmauretanien. Plötzlich unfähig zu begreifen, was er da in der Wüste mit dieser kleinen anthropomorphen Statue in der Hand zu suchen hatte. Man hat ihn auf ein Kamel gehievt und ihn mir zurückgeschickt. An dem Tag, als er nach Hause kam, war es, als sei er nie weggewesen, er ist geradewegs in diese Küche gekommen, um sich einen Kaffee zu kochen, hat seine Webarbeiten wieder aufgenommen und niemals mehr ein Wort über die Archäologie verloren. Die Archäologie war vollständig aus seinem Geist ausradiert. Danach wunderte er sich unaufhörlich über all die Leute, die ihm bezüglich der Archäologie schrieben, und über die ganzen archäologischen Fachzeitschriften, die ihm jede Woche geschickt wurden. Über diesen Zeitschriften fallen mir die Augen zu, sagte mein Mann immer, noch nie etwas Langweiligeres gelesen. Und wenn ich versuchte, seine früheren Tätigkeiten zu erwähnen, wenn ich ihm von all den Grabungen erzählte, die er geleitet hatte, von all diesen Stätten, die er ausgegraben hatte, sah er mich an, als wäre ich verrückt. Die Frau lächelte mich an. Habe ich Ihnen gesagt, dass mein Mann und ich nie Kinder bekommen haben? Ich bedauere das heute, obwohl die Mutterschaft unzweifelhaft mit dem Leben als Schauspielerin unvereinbar ist. Unvereinbar mit dem Temperament einer Schauspielerin. Neun Monate Schwangerschaft, stellen Sie sich das mal vor. Und danach tötet das Kind die Schauspielerin, oder aber die Schauspielerin tötet das Kind. Im Schatten eines Schauspielers gedeiht nichts, sagte sie. Und als ich der Bühne den Rücken gekehrt habe, war es natürlich zu spät. Und was sehen Sie heute? Eine alte, abgetakelte Diva in der Versenkung des Vergessens. Plötzlich hörte man Schüsse, und ich drehte mich zum Fenster. Die Jäger, sagte mir die Frau, das sind nur die Jäger. Aber sie betreten nie unseren Besitz, seien Sie beruhigt, auch wenn dieser Besitz gespickt ist mit Wild aller Art. Das Wild steht praktisch Schlange, um auf unseren Besitz zu kommen, wo es Unterschlupf findet. Mein Mann jagte nicht, glücklicherweise, ich natürlich auch nicht. Wir hätten weder gewusst, wie man mit einem Gewehr umgeht, noch was mit diesen Tieren anzustellen ist. Sie rupfen, sie ausnehmen. Sie vertilgen schon gar nicht. Sie verstummte und sah aus dem Fenster. Es fängt wieder an zu schneien, sagte sie, und keine Post heute. Natürlich sollte ich aufhören, auf die Post zu warten, aber ich warte unbeirrt weiter auf sie, so wie ich im

Übrigen auch weiter darauf warte, dass sich etwas ereignet. Wenn Sie in mein Alter kommen, sagte sie mir, werden Sie der Lächerlichkeit des Wartens nicht entgehen, machen Sie sich nichts vor. Immer die gleichen Umschläge in der Post, fuhr sie fort, Rechnungen, Werbung. Prospekte für Sterbeversicherungen. Früher, sagte sie, bekamen wir Briefe, mein Mann und ich. Wir kannten einen ganzen Haufen Leute, die uns schrieben oder die anriefen, ich brauchte keine Anzeige aufzugeben, um Post zu bekommen, sagte sie und hob den Bewerbungsstapel vom Tisch. Wo sind nur all diese Leute hin, können Sie mir das vielleicht sagen? Leute verschwinden doch nicht einfach so von heute auf morgen. Unsere Freunde, die Frisons zum Beispiel, Jacques und Nicole Frison, nicht die geringste Nachricht mehr von ihnen. Und die Roches und Dr. Lenoir, darf man erfahren, was aus denen geworden ist? Und die Verehrer, die sich vor der Tür meiner Garderobe drängelten, auf meine Balkone kletterten und sich auf die Motorhaube meines Wagens warfen? Die Fotografen, die mich verfolgten, seit wie vielen Jahren habe ich nicht mehr die Spur eines Fotografen gesehen? Und all diese neuen Schauspielerinnen in den Zeitschriften, jeden Tag kommt eine dazu, alle mit demselben

Flachshaar. Ich gestehe, dass mein Haar früher herrlich war, erklärte die Frau, Sie haben so herrliches Haar, sagte man mir ständig. Trotz des Färbens, trotz des Waschens und Föhnens, für manche Rollen bis zu zehn Mal Waschen und Föhnen am Tag. Haufenweise Lack und immer derselbe Glanz. Jahrelang glänzendes Haar, und plötzlich totes Haar. Ich stehe eines Morgens auf, es war in Borneo, und meine Haare liegen alle auf dem Kopfkissen. Verstreut auf dem Kopfkissen dieses Hotels auf Borneo. Wenn Sie mein Gebrüll auf Borneo hätten hören können. Mit meinen Haaren habe ich alles verloren. Die Haare von meinem Mann dagegen sind alle an ihrem Platz geblieben, Borneo hatte keinerlei Einfluss auf das Haar von meinem Mann. Mein Mann, sagte sie und schob ihre Tasse Ovomaltine zurück, fehlt mir Tag und Nacht, in jeder einzelnen Minute. Ich erinnere mich nicht daran, vor seinem Tod jemals allein geschlafen zu haben, allein schlafen macht mir Angst. Immer ein Mann an meiner Seite, wo ich auch geschlafen habe, ich muss nachts ein Atmen hören, verstehen Sie, andernfalls weiß ich schlechthin nicht mehr, woran ich bin. Oder ein Hund schlief zu meinen Füßen, einer dieser winzigen Schauspielerinnenhunde. Ich habe mehrere dieser kleinen Hunde gehabt, bevor ich meinen Mann kennenlernte, der letzte schnarchte so laut, dass mein Mann ihn nicht ertragen hat, aber die Wahrheit ist, dass er nichts und niemanden zwischen sich und mir ertrug. Er hat mich sozusagen der Welt entzogen, und jetzt sehen Sie sich diesen Ort an, an dem ich weiterleben muss. Bei Tagesanbruch auf und mit den Hühnern zu Bett, Tag für Tag, Jahreszeit auf Jahreszeit, das ist aberwitzig, wenn man bedenkt. Gehen Sie weg von hier, werden Sie mir sagen, aber ich habe den Moment, wo das noch möglich war, verstreichen lassen, sagte die Frau, in den meisten Fällen lassen wir diesen Moment verstreichen. Nur der Pfarrer kommt noch in dieses Haus, sagte sie, obwohl ich ihm immer wieder versichere, dass ich nicht die kleinste Messe überleben würde. Ihre Kirche ist ein wahrer Eisschrank, sage ich immer wieder, in meinem Alter kann man sich nicht den geringsten Luftzug erlauben, der geringste Luftzug, und wäre es ein katholischer, kann verhängnisvoll für uns sein. Man betritt Ihre Kirche mit den besten katholischen Absichten und verlässt sie so gut wie tot, genau das wiederhole ich dem Pfarrer, aber er gibt nicht auf, er kommt bei jedem Wetter und mit dem Fahrrad, um seine Schokolade zu trinken. Oder er kommt in seinem alten Fiat, an dem er sehr hängt, wie er sagt, man muss ihn von diesem Fiat, einer uralten Klapperkiste, reden hören, wie von einer teuren Freundin. Jedes Mal, wenn ihn Zweifel ergriffen haben, so behauptet er, musste er sich nur ans Steuer diese Fiats setzen und das Armaturenbrett betrachten, um zum Glauben zurückzufinden. Seine besten Predigten seien ihm am Steuer seines Fiats gekommen, behauptet er weiter. Neulich habe ich ihm erklärt, dass ich an nichts glaube. Ach ja, hat er mit seinem gerissenen Lächeln geantwortet, aber wenn es so weit ist, werden Sie doch nach mir rufen. Kein religiöses Begräbnis für mich, hat mein Mann immer gesagt, und ich habe seinen Willen natürlich respektiert. Stellen Sie sich vor, sagte die Frau noch, mein Mann und ich haben uns Erinnerungen ausgedacht. Zum Beispiel beschlossen wir, dass wir Kinder gehabt hätten. Zwei Jungen und ein Mädchen. Wir hätten keine Nachricht mehr von unseren Kindern, sagte ich. Unsere Kinder würden uns nicht lieben. Max hätte Biologie studiert. Leo würde in London leben. Elsa wäre tot. Und so weiter. Oder wir hätten ein Schiff gehabt, wir hätten jahrelang auf dem Wasser gelebt, ohne Land zu sehen. Mein Mann hat mich dann darauf hingewiesen, dass ich es nicht ertragen würde, auf dem Wasser zu sein, und das ist ganz richtig, ich ertrage es nicht, auf dem Wasser zu sein. Genauso wenig wie im Gebirge übrigens, das Gebirge ist etwas Schreckliches, alles am Gebirge ist schrecklich, die kleine Adèle hat mir darin im Übrigen zugestimmt, auch wenn sie nie im Gebirge gelebt hat, sondern in Charleville-Mézières, wo sie geboren ist, das hat sie zumindest in ihrem Bewerbungsbogen geschrieben. Ich muss gestehen, sagte die Frau, dass ich an dem Tag, als ich Adèle empfangen habe, etwas Mühe hatte, Charleville-Mézières einzuordnen, aber ich weiß jetzt, dass es sich um einen Ort in den Ardennen handelt, wie sie mich an dem Tag wissen ließ. Die Stadt von Rimbaud, hat sie sogar hinzugefügt. Ganz genau, habe ich Adèle zugestimmt, und als ich die Bemerkung gewagt habe, dass das hübsch sein müsse, hat sie mir in trübsinnigem Ton ein düsteres Stück aus diesem Gedicht von Rimbaud über seine Stadt heruntergeleiert, in dem die Rede ist von schäbigen Rasenflächen und kurzatmigen Bürgern, woraufhin sie erklärt hat, dass ihr Vater Direktor des Gefängnisses von Charleville-Mézières sei, ein Mann, den sie als niederträchtig bezeichnet hat und den ihr gegenüber nicht zu erwähnen sie mich gebeten hat, all das mit einem Ausdruck, der mich hat erstarren lassen und dem zum Trotz ich nicht eine Sekunde gezögert habe, sie einzustellen. In meinem Alter treibt die Einsamkeit einen zu unverständlichen Handlungen, sagte die Frau. Was Adèle gespürt hat, sagte sie noch, ist nichts anderes als der Geruch meines Alters, das ich jeden Morgen pudere. Das war es, was sie vorhin in den ersten Bus hat steigen lassen. Und Sie, Sie werden auch weggehen, sagte sie und stand auf. Ich stand meinerseits auf, verließ die Frau und fuhr noch zwei oder drei Kilometer unter zögerlichem Schneetreiben, ich durchquerte ein Dorf, an dessen Ausgang ich den Friedhof passierte, der den Feldern gegenüber liegt und zu dem ich nicht zurückgekehrt bin seit dem Tag, an dem wir unsere Schwester Margrete dorthin gebracht haben, aber ich fuhr nur gerade langsam genug, um einen Blick auf die Reihen verschneiter Gräber zu werfen, und setzte meine Fahrt fort. Ich kam zu einem großen Bauernhof, an dessen Mauern entlang ich bis zu einer Blechhalle fuhr, an die ein Schild mit der roten Aufschrift Antiquitäten genagelt worden war, auf das ich im Vorbeifahren aufmerksam wurde. Ein Stückchen weiter hielt ich an, fuhr im Rückwärtsgang zurück und parkte vor einem riesigen Wagenrad. Im menschenleeren, eiskalten Inneren der Halle fand ich an Antiquitäten nur das übliche Sammelsurium von wackligen Beistelltischen, rustikalen Truhen, verrosteten Schmiedearbeiten und nicht zusammenpassendem Geschirr, das in Kisten direkt auf dem Boden stand. Ich ging in dem Moment hinaus, als ein Mann aus dem Bauernhof kam, dem ich, als er die Halle betrat, zunickte, worauf er nicht reagierte, und auf dem Weg zu meinem Auto bemerkte ich zu meiner Rechten, an das Hallenblech gelehnt, ein Ensemble von drei Holzstühlen, denen ich mich näherte, von denen ich den Schnee fegte und die ich schließlich hochhob und ins Innere der Halle trug. Ich fragte den Mann nach dem Preis, er warf einen Blick auf die Stühle, drei Euro alle drei, sagte er. Ich gab ihm einen Fünf-Euro-Schein, ohne zu diskutieren, ich meine, ich wusste nicht, wie ich ihm anbieten sollte, die fünf Euro zu behalten, ich ließ ihn mir zwei Euro zurückgeben und wandte mich zum Gehen mit den Stühlen, die ich in den Kofferraum meines Autos legte. Das Holz war verzogen, die Farbe blätterte ab, aber es ist ein Anfang, sagte ich mir, als ich die drei Stühle quer in meinem Kofferraum liegen sah. Ich schloss den Kofferraum, fuhr wieder los und war kaum einen Kilometer gefahren, als mein Telefon klingelte und ich die Stimme meines Bruders Odd vernahm. Ich hielt am Straßenrand. Ich fühlte mich plötzlich unglaublich erleichtert. Wo bist du?, fragte ich ihn und starrte auf die Einöde der Felder. Am Flughafen, sagte mein Bruder, am Flughafen in Roissy. Aha, sagte ich. Ich frage dich nicht, wohin du unterwegs bist, fügte ich hinzu, aber ich bin bereit, es zu hören. Ich bin nirgendwohin unterwegs, sagte mein Bruder. Seit drei Tagen bin ich in diesem Flughafen. Drei Tage laufe ich jetzt schon in diesem Flughafen umher. Bist du im Haus gewesen? Ich war bis eben dort, sagte ich, ich bin unterwegs. Ich fahre nach Hause, sagte mein Bruder. Ich betrachtete immer noch die Felder, eine endlose Weite aus rissigem Schnee. Ich sagte meinem Bruder, ich wolle jetzt, dass er in meine Wohnung fahre, ohne zu diskutieren, dass er die Schlüssel bei der Hausmeisterin hole, die ich informieren werde, dass er mich dort erwarte. Ich komme, sagte ich. Ich legte auf und kehrte um, ich fuhr bis zum Haus, und als ich dort war, betrat ich geradewegs die Bibliothek, schritt auf ein Fenster zu, während ich mir mit einem Streichholz leuchtete, das ich an einen Vorhang hielt, ich strich ein zweites Streichholz an, dann ein drittes und so weiter von Raum zu Raum und von Vorhang zu Vorhang, woraufhin ich die Tür des in Flammen stehenden Hauses schloss und zu meinem Auto ging.

Titel der französischen Originalausgabe:
»Un avenir«
Erschienen bei Actes Sud

1. Auflage 2012

Übersetzung: Tobias Scheffel und Claudia Steinitz
Lektorat: Melanie Heusel
Buchgestaltung: Steidl Design / Sarah Winter
Umschlagabbildung: »Téléphérique« von Antoine Vanoverschelde
Satz, Druck, Bindung: Steidl, Düstere Str. 4, 37073 Göttingen
www.steidl.de
Printed in Germany
ISBN 978-3-86930-511-0

Veronique Bizot

Meine Krönung

Roman
Aus dem Französischen von Tobias Scheffel
und Claudia Steinitz
128 Seiten, Leineneinband,
Schutzumschlag

*

Völlig unerwartet soll ein Forscher im Ruhestand für seine frühere Arbeit eine bedeutende Auszeichnung erhalten. Ihm selbst ist nicht klar, was er da entdeckt haben soll, doch die Nachricht sorgt für Furore: Journalisten suchen ihn heim und stören die behagliche Unordnung im Wohnzimmer und im Innersten des alten Mannes.

Doch da ist Madame Ambrunaz, seine Haushälterin und ein Bollwerk gegen die Zumutungen der Welt. Sie geleitet den etwas verstockten Wissenschaftler mit sanfter Beharrlichkeit und großartigen Einfällen durch die Tage bis zu seiner Ehrung. Sie kocht ihm Linsen und entführt ihn an die See, während er sich in Gedanken darüber verliert, aus welch merkwürdigen Begegnungen und absurden Anekdoten am Ende das wird, was man sein Leben nennt. Und das hält nun mal Überraschungen bereit – für jeden und bis zum Schluss.

Steidl Verlag · Düstere Str. 4 · 37073 Göttingen
www.steidl.de

Véronique Bizot

Meine Krönung

Hörbuch gelesen von Peter Fricke

Eine Co-Produktion mit Bayern 2 /
Kulturkritik und Literatur
Regie: Eva Demmelhuber, Redaktion:
Cornelia Zetzsche
2 CDs, Gesamtspielzeit, 150 Minuten

*

Peter Fricke interpretiert in großartiger Weise die Gedanken des von spätem Erfolg heimgesuchten Ich-Erzählers. Fricke wurde bereits mehrfach mit dem Hörspielpreis ausgezeichnet und ist ein begehrter Synchronsprecher. Er war unter anderem als Erzähler im Film *Die fabelhafte Welt der Amélie* zu hören.

Steidl Verlag · Düstere Str. 4 · 37073 Göttingen
www.steidl.de

Christoph Leuchter

Letzter Akt

Roman
192 Seiten, Leineneinband, Schutzumschlag

*

Ein kleines Dorf in der Toskana, fernab der Touristenströme und von der Jugend verlassen, ist kaum eine Erzählung wert. Nur vergessene, alte Menschen leben dort, einer verschrobener als der andere: ein greiser Lehrer, dem die Schüler abhanden gekommen sind, ein Pfarrer mit ungewöhnlichem Talent zum Automechaniker und ein völlig verrückter Tischler, der Erstaunliches mit Pinsel und Farbe zustande bringt. Wenn aber diese bizarren Dörfler plötzlich eine Leiche im Schuppen finden, kommen Fragen auf, drängen sich Geschichten in den Vordergrund. Geschichten, die den jungen Kommissar Corelli nicht mehr loslassen, weshalb er sich kurz entschlossen bei Professor Di Landa und seiner wunderschönen Ehefrau für ein paar Tage einquartiert. Begleitet vom Klirren der Zikaden und beflügelt vom edlen Wein folgt er den Erinnerungen seines Gastgebers weit zurück bis ins Berlin der 1930er Jahre. Corelli erfährt einiges von vergangener und gegenwärtiger Leidenschaft, von Schuld und von einem Verrat, der nicht zu sühnen ist. In üppigen Farben und mit einer ungeheuren Fabulierlust feiert Christoph Leuchter seine Figuren, Italien und das Erzählen selbst.